講談社文庫

峠越え

伊東 潤

講談社

目次

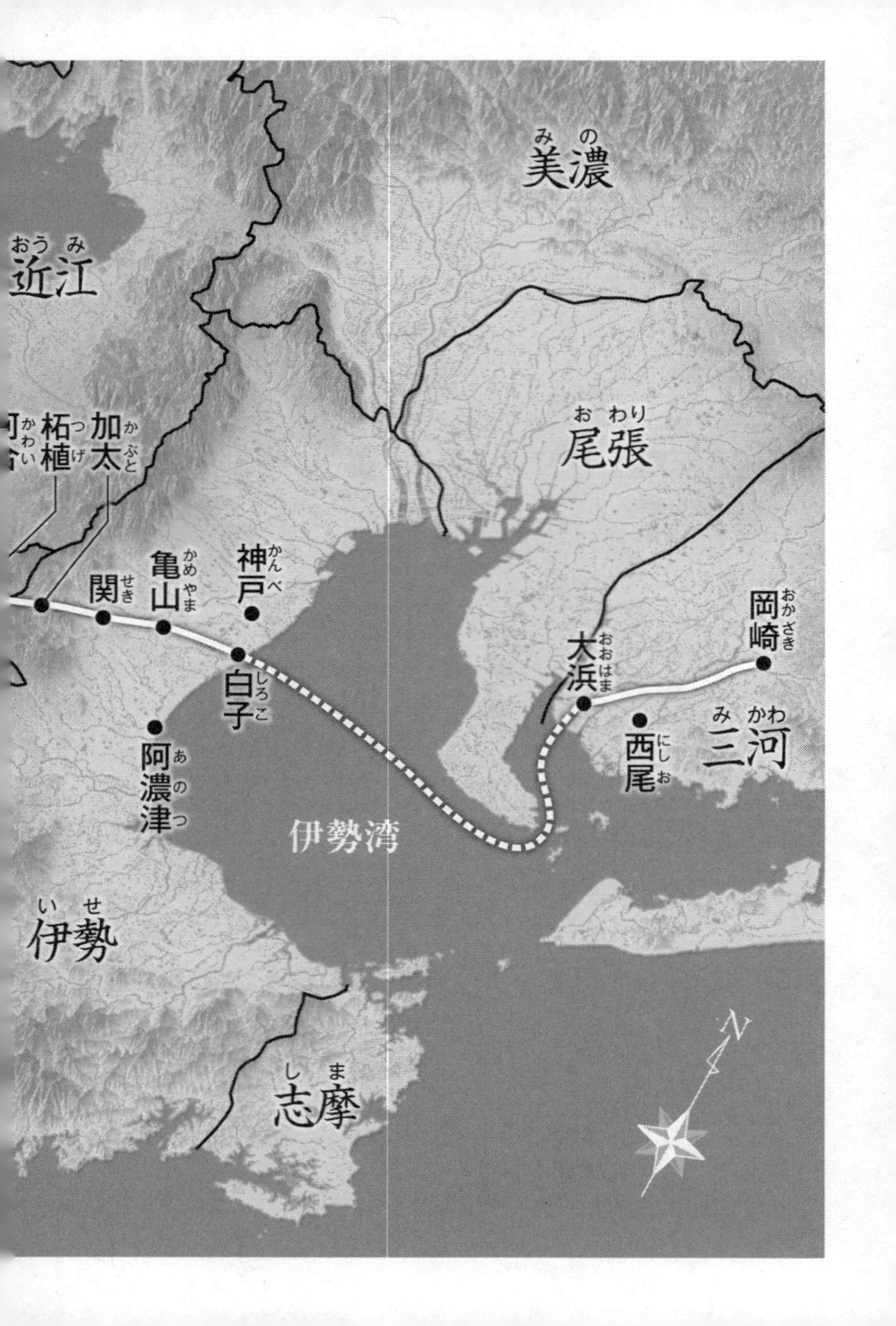

美濃
近江
尾張
加太
柘植
関
亀山
神戸
白子
阿濃津
伊勢湾
伊勢
志摩
大浜
岡崎
西尾
三河
N

家康一行　伊賀越え経路
丹波
京都
山城
摂津
枚方
尊延寺
草内
山口
朝宮
神山
信楽
丸柱
大坂
飯盛
郷ノ口(宇治田原)
平野
八尾
奈良
多羅尾
伊賀
堺
和泉
和泉
河内
御斎峠
西山
上野
大和
紀伊
紀伊

地図制作／ジェイ・マップ

『峠越え』——主な登場人物（登場順）

徳川家康

幼名・竹千代。少年時の通称・次郎三郎。三河国の小大名の家に生まれ、当初は織田・今川両家の狭間で苦しむが、桶狭間合戦後、信長のよき同盟者として頭角を現していく。

石川数正

通称・与七郎。古参家臣の一人。軍事は不得手だが、吏僚としての才があり、領国統治面で家康を支えていく。常識的な正論を吐くことを常とする。

酒井忠次

通称・小平次。古参家臣の一人。常に直言を旨とするご意見番。政治・軍事両面で徳川家の大黒柱であり、家康も一目置いている。

織田信長

尾張国の守護代家の庶流から出発し、天下統一の大事業を成し遂げた逸物。甲州武田家の抑えとして家康を重用するが、天下統一が近づくにつれ、家康が邪魔になっていく。

太原雪斎（崇孚）
通称・大師。家康が今川家の人質になっていた頃の師。京都五山の建仁寺で修行した名僧。今川義元に請われて駿河国の善得寺に入り、以後、義元の軍師的役割を果たした。

井伊直盛
通称・信濃守。家康と同じ立場の今川家傘下国衆として桶狭間合戦に参陣する。井伊直政の祖父にあたる。

鵜殿長照
通称・長門守。今川家の尾張国における橋頭堡・大高城を預けられた今川家の重臣。

羽柴秀吉
通称・藤吉郎。織田信長の家臣。卑しい出自ながら信長の評価は高く、出頭の階を上っていく。

明智光秀
通称・十兵衛。織田信長の家臣。名門土岐源氏の支流に生まれたものの、父の代に没落し、諸国を渡り歩いた後、将軍家に仕える。その後、信長の家臣となり、出頭していく。

本多重次
通称・作左。古参家臣の一人。頑固な三河武士の中でも、とりわけ頑固で融通が利かない。主を主とも思わない言動で家康を困らせるが、その信頼は厚い。

服部半蔵
伊賀忍者の頭領格として早くから家康に臣従し、再三にわたってその危機を救う。

穴山信君
通称・玄蕃頭、梅雪。武田家親類衆でありながら主家を裏切り、その滅亡の原因を作る。その後、徳川傘下国衆となり、家康と共に安土を訪れ、その後の道行きを共にする。

本多忠勝
通称・平八郎。その勇猛さと果断さから、徳川家中で頭角を現しつつある若手家臣の一人。伊賀越え道中では小戦闘で手腕を発揮し、徳川家の武を担っていく。

井伊直政

通称・万千代。家康の小姓として数々の戦に付き従う。家康に苦言を呈することも辞さない若手の俊才。

徳川（松平）信康

通称・次郎三郎。家康の嫡男。武将として申し分のない器量を備えているが、信長の娘の五徳との夫婦仲が悪く、信長の不興を買う。

長谷川秀一

通称・於竹。信長の寵童上がりで、眉目清秀な上、諸事に気が利くため、信長から重用されている。

茶屋四郎次郎

家康の耳目に等しい京の大商人。徳川家の情報戦の担い手として、畿内や西国の動静を家康に流し続けている。

松井友閑
織田家の堺代官。茶の湯に精通し、目利きとして信長の「名物狩り」に手腕を発揮した。

今井宗久
堺の豪商かつ茶人。信長の茶頭の一人。

津田宗及
堺の豪商かつ茶人。信長の茶頭の一人。

滝川雄利
通称・三郎兵衛。伊勢北畠氏の家老・木造家の庶流に生まれる。信長の伊勢攻めの際に織田家に臣従し、主家を討つことに加担する。その後、甲賀衆や伊賀衆を率い、信長の裏の仕事を引き受けている。

山岡景隆
通称・美作守。織田家家臣。近江国の勢多（瀬田）を本拠としている。

峠越え

とうげご

第一章　持たざる者

一

家康は、ひどく落ち込んでいた。

あれほど苦しめられ、あれほど悩みの種だった武田家が滅んでも、いっこうに気分は浮き立たず、得体の知れない不安が、心の中に広がるだけなのである。

——わしは、この日をどれだけ待ちわびていたか。しかし、ようやく一つの峠を越えても、次の峠がもう見えている。人の生涯とは、こんなことの繰り返しなのか。

しょせん頭上の漬物石が替わっただけで、新たな石が、これまで以上に重くのしかかってくることは間違いなく、その重さに押しつぶされぬよう、いかに漬物樽の中をうまく泳ぎ回るかが、家康のやるべきことのすべてである。

——いずれにしても、此度の漬物石は大きく重い。

長らく頭上に君臨していた武田家という重石が取り除かれたのも束の間、新たな重石の下で、忍従を強いられる日々がいつまで続くのか、家康にも見当がつかない。

——それでもわしは、耐えるしかないのだ。

自分でも情けなく思えるほど大きなため息を漏らした時、障子を隔て、咳払いが聞こえた。

「殿、右府様ご一行が興津を出られたとのことです」

顔を上げると、石川数正のしゃくり上がった顎が、影となって障子に映っている。

右府様とは右大臣の唐名で、かつてその地位にあった織田信長の通り名である。

「やけに早いではないか」

家康が不機嫌そうに呟くと、障子越しに見える数正の長い顎が左右に振られた。

「いいえ。右府様の告げられた申の下刻（午後五時頃）でございます」

——もう、そんな刻限か。

障子越しに見える常御殿の中庭に差す日も、幾分か赤味を増している。

——かの御仁は、刻限にこだわるお方だからな。

信長が「申の下刻に参る」と言えば、申の下刻に間違いなく来る。よんどころない事情で遅れる際は、前もって使いを寄越すのが信長の常である。

憂鬱な気分を払拭すべく、勢いよく立ち上がると、じんわりとめまいがした。

――もう、若くはないのだ。

家康は己に言い聞かせた。

障子を開けると、この世の万物の原理をすべて知り尽くしているような顔をした数正が拝跪していた。

家康は、石川数正という生き物を律している経験や常識のすべてを嫌悪していた。数正は何事も常識から逸脱せず、誰でも考えつきそうな平凡な意見を述べる。しかし、そうした者がいないと、武を専らとする集団を統御していけないことも、また事実なのだ。

「殿、どちらに行かれる」

大手門と反対の方に行こうとした家康を、数正が制した。

「右府様の饗応の支度が、滞りなく進んでおるか見に行く」

「それは、もうお耳に入れたはず」

「わしは、この目で確かめたいのだ」

「致し方ない」といった顔をして数正が立ち上がった。むろん、心の中で舌打ちしているに違いない。

数正と共に拝跪していた小姓や近習を従えた家康は、迷路のような長廊を進み、饗応の座が設けられている望嶽亭に至った。

望嶽亭とは、信長のために新築した御座所である。

――たった一泊のために、ひどい散用になったわ。

信長が東海道を使って帰国すると聞いた家康は、その経路にあたる諸宿に、御茶屋や御厩を新築し、贅を尽くした饗応に努めた。

『信長公記』によると、「家康公万方の御心配り、一方ならぬ御苦労、尽期なき次第なり。（中略）信長公の御感悦、申すに及ばず」とあり、武田家を倒し、名実共に天下人になった信長に対する家康の気配りが、尋常ではなかったことを伝えている。

気の遠くなるような散用に、悪態をつきたい気持ちを抑え、御広間に入った家康は、青畳の上に並べられた百を超える銀杏足の四足膳を眺めた。

――この四足膳が、今川家のものを転用していると見破られねばよいのだが。

そう思いつつ、今川家の家紋の描かれた四足膳がないか見回る家康の許に、酒井忠次が近づいてきた。

その辛気臭い顔を見たとたん、青畳の匂いで、少しはよくなった気分も壊された。

「右府様が、すでに薩埵山を越えられたと聞きましたぞ」

「知っておる。もう興津に入った」

「それが分かっておいでなら、なぜ出迎えに行かぬのですか」

「いくらなんでも、まだ早い」

「右府様は、その時のご気分で馬を駆ることもあります。念には念を入れるに越したことはありませぬ」

――そんなことは分かっておる。

怒鳴り出したい気持ちを抑え、家康が問うた。

「それより、饗宴の支度に抜かりはないな」

「鶴肉（つるにく）も届き、献立（こんだて）も整いました」

「よかった。右府様は、ことのほか鶴肉を好むからな」

家康は心底、ほっとした。以前、信長を饗応した折、どうしても入手できなかった鶴肉の代わりに雉肉（きじにく）を使ったため、とたんに機嫌が悪くなった。

むろん信長は、鶴肉を好むというより、己に対する相手の対応の仕方を見ているのだ。

「して、塩味は利（き）かせておるな」

「ご心配なく」

台所まで下りて味見しようかとも思ったが、そこまですれば、饗応役の忠次の顔をつぶしてしまう。

後ろ髪を引かれつつ、家康は大手門に向かった。

——右府様は、味付けにうるさいからな。

しかし何か気になると、いても立ってもいられなくなるのが家康である。

大手門に向かっていた家康の足が止まった。

「どうかいたしましたか」

背後に付き従っていた数正が、とがめるように問う。

——塩味が強すぎても困る。小平次（こへいじ）は、そのあたりの味加減（あじかげん）を頓着（とんちゃく）せぬからな。

踵（きびす）を返そうとした家康の心中を見抜いたかのように、数正が言った。

「ご心配には及びませぬ。味付けは、それがしも確かめました」

——此奴（こやつ）は戦場（いくさば）ではからきしだが、こうしたことには役に立つ。

数正の気遣（きづか）いを憎々（にくにく）しく思いながら、家康は再び歩度（ほど）を速めた。

土埃（つちぼこり）の彼方（かなた）に林立する永楽銭（えいらくせん）の旌旗（せいき）が見えた時、背筋に鉄串（てつぐし）を刺されたように全身が強張（こわば）った。

やがて、見目も鮮やかな軍装の一団が姿を現した。

信長の馬廻衆である。

騎馬武者の大半は、思い思いの意匠を凝らした変わり兜をかぶり、信長好みの色々縅の胴丸と大袖を着け、金箔を張った馬鎧を着せた駿馬にまたがっている。

先祖伝来の古甲冑を身にまとい、駄馬に乗った己の配下を思い出し、家康は、やりきれない気分になった。

信長の馬廻衆が、駿府館の門前で左右に分かれて整列すると、いよいよ信長の姿が見えてきた。

家康は商人のように腰をやや屈めつつ、一歩、二歩と門前に進み出た。

「右府様、ようこそお越しいただきました」

「出迎え大儀」

馬丈五尺はある南蛮馬から、信長がひらりと下り立つ。

赤地に牡丹の唐草文様の描かれた洋套が、鳥の羽のように大きく広がり、天鵞絨の生地が夕日に輝く。

そのあまりの神々しさに、家康の腰はさらに屈んだ。

「此度の大勝利、祝着にございました」

「いかにも、思った通りの戦いになったな」

家康があらためて祝いの言葉を述べると、信長が南蛮甲冑を震わせて笑った。

極彩色の軍団の中では、黒々とした南蛮甲冑が逆に映えている。

「三河殿、わしの言った通り、武田家など何ほどのこともなかったであろう。これでは馬揃えにもならぬわ」

「仰せの通りで――」

家康は世辞の一つも述べようとしたが、信長は家康を置いて、どんどん駿府館の中に入っていく。

慌てて家康が、その後を追おうとするが、その進路を信長の馬の尻が塞いだ。

信長の馬丁は、家康など寸毫も気にすることなく信長の後に続く。

己が信長の馬よりも下位にいることを、家康は思い知らされた。

――そういえば、戦から帰る主をこうして出迎え、馬の尻と共にこの館に入ったことが、何度もあったな。

馬の尻から落ちる糞を眺めつつ、家康は、かつてこの地で過ごした日々に思いを馳せた。

駿府館を朱色に染める天正十年（一五八二）四月十四日の夕日は、すでに賤機山の西の端に懸かっていた。

二

この時をさかのぼること二十七年前の弘治元年（一五五五）十月、駿府の臨済寺には、悲痛な空気が満ちていた。

「ちこう」

雪斎のかすれた声に促され、本道（内科）の法印（医師）が膝をにじった。

「そなたではない。竹千代だ」

「はっ」

部屋の隅に控えていた竹千代が、雪斎の枕頭まで膝行した。

「大師様、竹千代でございます」

耳元でそう告げると、雪斎がわずかに頭を傾けた。

「竹千代、そなたに折り入って話がある。人払いせよ」

竹千代が目配せすると、法印、薬師、茶坊主らが座を払った。

雪斎から折り入って話があるといえば、遺言以外になく、竹千代は威儀を正した。

――もしや、岡崎に戻していただけるのではあるまいか。

人質としてとどめ置かれている駿河国から、松平家の本拠である三河国の岡崎城に戻ることは、家康とその家臣たちの長年にわたる念願である。

淡い期待を抱きつつ、竹千代が雪斎の落ち窪んだ眼窩をのぞき込むと、雪斎は予想もしないことを言った。

「あの声は、渋柿を啄みに来た鶫であろう」

確かに先ほどから、外で鶫の声が聞こえている。

心中、落胆しながら竹千代が答えた。

「はい。このところ、鶫が粗朶を咥え、山に向かう姿をよく見かけます」

「鶫がすでに冬支度に入ったということは、今年の冷え込みは厳しそうだな」

「おそらく、そうなりましょう。そういえば、富士の高嶺に離れ笠が懸かっておりました」

駿河人は、富士の高嶺に懸かる雲の形で天候を推し測る。

すでに十四になる竹千代は、そうした風雨考法を、雪斎からしつこいくらい教えられていた。

「かつて教えたことを、よく覚えておったな」

「戦にかかわることゆえ――」

雪斎の皺深い口辺に笑みが浮かぶ。

「そなたは変わらぬな」

そう言うと、雪斎が真顔になった。

「竹千代、そなたは、わしを恨んでおろう」

「滅相もない」

臨終に際しても、雪斎の舌鋒は鋭かった。

「竹千代、覚えておるか」

「何を、でございますか」

「そなたと初めて会った日のことよ」

雪斎が虚ろな目を向けてきた。


この時から、さらにさかのぼること八年前の天文十六年（一五四七）八月、六歳の竹千代は、今川家の人質となるべく、三河国の岡崎を旅立った。西郡から船で渥美郡の田原に出て、そこから陸路で駿府まで行くのである。

ところがその途次、田原城主の戸田康光によって捕らえられ、そのまま船で、尾張国の熱田に送られた。

康光は、今川義元に敵対する織田信秀に通じていたのだ。

一転して織田家の人質にされた竹千代だが、この二年後、今川家の執政・太原雪斎が、安祥城で信長庶兄の信広を生け捕ったことで、人質交換が成立し、竹千代は岡崎に帰還できた。

何かを語ろうとした雪斎が咳き込んだ。

「大師様、今日はこれくらいに――」

「馬鹿を申すな。わしに明日などあるか」

その生気のない頬に、雪斎が自嘲的な笑みを浮かべた。

「竹千代、わしが、正気を失いつつあると思うておるな」

「い、いいえ」

心の内を見透かされ、竹千代は慌てた。

「死の床に就いてもな、悲しいことに、頭だけは冴えておるのだ」

確かに雪斎の眼光は、以前と変わらず鷹のように鋭い。しかし、その顔は土気色に変わり、乾いた皮膚は木肌のように荒れている。

「大師様、必ずや病は快癒いたします。お心を強くお持ち下さい」

「そなたまで、さような虚言を弄するか」

雪斎は己の死期を覚っていた。

人質交換後、雪斎と共に岡崎城に戻った竹千代は、織田方の刺客によって謀殺された父・広忠を供養した後、あらためて駿府に連れていかれた。

あくまで義元は、竹千代を人質として駿府にとどめ置こうとしたからである。

そのため岡崎城は今川家の番城とされ、松平一族もその家臣団も、実質的に今川家の家臣とされた。

今川家駿府館の近くに小さな屋敷を与えられた竹千代は、雪斎の厳しい教育を受けることになる。

雪斎は、竹千代を今川家の西の藩屏に育てようとしていた。

しかし、そうした思惑があったとしても、教育者として、雪斎ほど理想的な人物はいなかった。

雪斎はその若き日々、今川家当主の義元と共に京の建仁寺や妙心寺で修行を積み、『孫子』『呉子』などの唐伝来の兵法書をそらんじるまでになっていたからである。

武人として独り立ちしたい竹千代は、兵法の講義になると、目の色を変えて学んだ。

「この五年、わしは己の知識のすべてを、そなたに伝授したつもりだ」

「はい。ご恩は決して忘れませぬ」

「しかしそなたは、よき弟子ではなかった」

武芸には無類の関心を示し、その腕も人並み以上の竹千代だが、兵法以外の学問には、さしたる興味を示さず、雪斎に幾度となくどやしつけられた。

「そなたの肩を、幾度、警策で叩いたものか」

こんなに早く雪斎が逝くと知っていれば、もう少し真剣に学ぶべきだったと、竹千代は少し悔やんだ。

「至らぬ弟子でございました」

「いかにも、そなたは至らぬ弟子であった」

雪斎に駄目を押され、あらためて竹千代は恥じ入った。

「そなたと違い、御屋形様（今川義元）には天資があった。それゆえ何を教えても、紙に水が染み通るがごとく、すぐに理解した。ところがそなたは――」

雪斎が苦笑と共に言った。

「凡庸であった」

雪斎の言葉が、ずしりと音をたてて竹千代の肚に落ちる。

「それがしは、御屋形様の足元にも及びませぬか」

「ああ、はるかに及ばぬな」

それでも竹千代は、絶望の淵から這い上がろうとした。

「それでは、彦五郎様とは――」

彦五郎とは義元の嫡男で、十八歳になる氏真のことである。

負けん気の強い竹千代は、義元には敵わずとも、氏真には負けたくなかった。

しかし雪斎の答えは、齢十四の少年には非情に過ぎた。

「どうであろうな」

――あの程度の者にも及ばぬか。

竹千代の顔色を読み取ったのか、雪斎が言った。

「しかし竹千代、器量とは、時と場を得ねば生かしようがないものだ」

「と、仰せになられますと」

「いかに巨大な天資や後天を持つ者でも、それを生かす場にあらねば、宝の持ち腐れとなる。逆に器量なき者に多くを持たせても、それを持て余すだけだ」

後天とは、先天的に与えられる天資と異なり、生きていく過程での努力によって得られる才のことである。雪斎は、天資と後天の二つを合わせて器量と呼んでいた。

「御屋形様の天資は時と場を得ていた。しかも御屋形様は励みに励み、多くの後天を摑み取った。それゆえ海道一の弓取りとまで謳われるようになった。しかし――」

雪斎が、わずかに首を横に振った。

「彦五郎の器量は、必ずしも時と場を得ていない」

――そういうことか。

学問や武術には、さほど熱意を示さない氏真だが、その蹴鞠の技量は師である飛鳥井雅綱を凌ぐほどである。しかし、戦国の世に生まれた大名家の嫡男にとって、それは無用の長物でしかない。

「駿遠三の三国に覇を唱えるほどになった今川家を切り回していくのは、よほどの器量の持ち主でなければ無理だ。御屋形様とわしは、迂闊にも次代のことを考えず、領国を拡大してしまった」

――つまり三国を統べるなど、彦五郎くらいの器量では難しいということか。

竹千代の暗い情念が「いい気味だ」と囁いた。

竹千代は常に誰かを意識し、相対的に秀でようとした。それが、他者など意識しない常の大名家の子らと異なる人質の性根だと気づいてはいた。

「そうともなれば、逆に持たざる者の方が強いことになる」

「えっ」

陰湿な喜びに浸(ひた)っていた竹千代が、驚いて顔を上げた。

「天資を持たざる者は、己の器に見合った酒量で事足りる。もしも後天があれば、焦(あせ)らずじっくり器を大きくし、それに従い、酒量を増やしていけばよい」

「つまり、彦五郎様に与えられた器は大きすぎると――」

「ああ、しかも入っているのは、酒ではない」

竹千代にも、雪斎の言わんとしていることが次第に分かってきた。

――酒とは、政治・軍事双方にわたる武家の頭領(とうりょう)としての器量のことか。

「御屋形様しかり、武田晴信(はるのぶ)しかり、北条氏康(ほうじょううじやす)しかり。人は自然に己の酒量を知る。そして、それに見合った器を求めて争うのだ」

雪斎は、かさかさになった唇を幾度も舐(な)めながら語った。

「大師様は、この修羅(しゅら)の世も、すべては人の器量というものに行き着くと仰せなのですね」

「そうだ。それゆえ、わしは次代への布石(ふせき)を打った。それが甲相駿(こうそうすん)の三和一統(さんわいっとう)だ」

――大師様は、御屋形様、晴信、氏康の三人が、それぞれの器量に見合った領国を求めることを知っていた。しかしそれでは、いつか三者はぶつかり合う。それゆえ三者の力を、別の方角に向けたのだ。

天文二十三年（一五五四）、雪斎は甲相駿三国同盟を取りまとめた。これにより三人の優れた戦国大名は、互いの角逐によって力を減殺させることなく、それぞれの野望と理想を実現させることができるようになった。

すなわち、晴信には越後進出を、氏康には関東制圧を、そして義元には、上洛への道を模索するように仕向けたのである。

一見、晴信の越後制圧は小さな目的に思われるかもしれないが、太平洋交易よりも日本海交易が盛んなこの頃、越後に進出して海の道を制することは、青苧の交易を独占することにつながり、莫大な富を手にできる。

三英傑と比べ、己のあまりの小ささに、竹千代は心中、自嘲した。

――つまりわしは、己の才に見合った身代を得ているということか。

西三河の山懐に抱かれた貧しい松平郷を思い出し、竹千代は情けなくなった。

「幸いにして、三家の次代を担う者の器量に大差はないと、わしは見ておる。つまり、この同盟は次代まで続くはずだ」

晴信嫡男の義信と氏康嫡男の氏政は、奇しくも氏真と同じ齢十八である。

今川家の細作（忍）により、義信と氏政の器量から人となりまで、すでに雪斎は掌握していた。

——義信と氏政の二人は、それぞれの父に比べて穏やかな気質だと聞いたことがある。彦五郎もそうだ。この三者が、それぞれの家の次代を担うことになれば、つつがなく同盟は継続され、三国の間に波風は立たぬ。

「しかし、一つだけ不安がある」

雪斎の皺深い喉仏が動いた。

「それは、三人のうちの誰かが不慮の死を遂げた時、三国の均衡が崩れることだ」

不慮の死を遂げた己の祖父と父のことを思えば、その可能性は否定できない。

「むろん、わしが心を砕くべきは、今川家のことだけだ。晴信と氏康に比べ、御屋形様の武運が拙ければ、即座に今川家は危機に陥る」

晴信にも氏康にも義元同様、不慮の死を遂げる可能性はあるが、雪斎はそれを危惧する立場にない。

「万が一、御屋形様が不慮の死を遂げても、氏康に不安はない。関東を統べることが早雲庵様以来の北条家の家訓であり、西に兵を送るのは極めて危ういからだ」

北条家が駿河を併呑しようとした場合、箱根山と薩埵山が大きな障害となる。この二つの山があるため、思うように兵を送れない上、補給もままならない。

「しかも氏康は義を知る男だ。他家の弱みに付け込むようなことはせぬ」

「ということは、やはり油断できぬは武田晴信と」

「そうだ。聞くところによると、越後の長尾景虎は、なかなかの器量人らしい。晴信とて容易には倒せぬはず。となれば晴信の目は南に向く。彼奴は海に出で、交易により国を富ませたいはずだからな」

山国の甲斐・信濃両国は、南関東などに比べて、耕地面積が極端に少ない。そのため晴信の軍資金の大半は、金山から産出する黄金により賄われていた。しかしこのところ、金山の採掘量が目に見えて減ってきていた。つまり、掘り尽くしてしまえば金山は枯渇してしまうことに、晴信は気づいたのだ。それゆえ晴信は、新たな財源を確保せねばならなくなった。

「いずれにせよ、壮健な御屋形様が、にわかに病を発することもあるまいし、わしの伝授した兵法を忘れぬ限り、戦場で討ち死にすることもあるまい」

「仰せの通り」と言いつつも、祖父と父の不慮の死を知る竹千代は、この乱世に確実なことなど何もないと思っていた。

「そこで、そなたのことだ」

わずかに首を回した雪斎が、その金壺眼をぎょろりとさせた。

「万が一、御屋形様が亡くなったら、そなたに西三河を返してやろう」

「それは真でございますか」

竹千代が膝をにじった。

「むろん傘下国衆として、今川家の軍役や普請役を果たしてもらうし、証人（人質）を駿府に預けてもらう」

「申すまでもなきこと」

「このことは、すでに御屋形様の了解も取っており、御屋形様の遺言書にも記してある」

「それは真で――」

「ああ、尤もかの男は、己が死ぬと思うておらぬがな」

雪斎が、からからと笑った。その羽虫が胸内で羽ばたくような笑い声こそ、肺疾患特有のものである。

「この次郎三郎、大師様の御恩を忘れず、今川家の西の藩屛として、託された責務を全ういたします」

この三月、竹千代は元服を済ませ、松平次郎三郎元信と名乗っていた。しかし雪斎は、以前と変わらず竹千代と呼んでいた。

「だが、そなたは西三河の旗頭(はたがしら)だ。今川家が弱れば、国衆どもは、ここぞとばかりに駿遠の地を攻め取れと騒ぐはずだ」

三河一国を統一した祖父の清康(きよやす)が不慮の死を遂げ、父の広忠が殺されることにより、松平宗家(そうけ)は著しく勢力を衰えさせており、たとえ竹千代が岡崎城に戻れたとしても、三河各地に蟠踞(ばんきょ)する国衆の発言力は、以前に比べて増しているはずである。

さすがに語り疲れたのか、雪斎が瞑目(めいもく)した。

――大師様の仰せになられる通りだ。わしは国人(くにうど)たちの盟主にすぎず、彼奴らの意にそぐわなければ、首をすげ替えられるだけだ。

それが徳川家の置かれた現実である。

「実はな、わしはその先まで見据えている」

雪斎が続ける。

「もしも御屋形様が不慮の死を遂げ、武田晴信が駿遠の地に兵を進めてくれれば、瞬(また)く間に今川領国は席巻(せっけん)される。もしもそうなった折は、晴信にすべての今川領を占拠される前に、そなたが少しでも掠(かす)め取れ」

その言葉に竹千代は息をのんだ。

「背に腹は代えられぬ。彦五郎の運と器量が、そこまでだったということだ。しかしわしは、由緒ある今川家を後代まで残したい。それゆえ、そなたの庇護の下で今川家を存続させてもらいたいのだ」

　死の間際になっても、雪斎は最悪の事態を想定し、今川家が生き延びられる方策を考えていた。

　──しかし、わしごときが晴信の圧力に耐えられるのか。

　竹千代の顔色から、その考えを読んだらしく、雪斎が言った。

「衆に秀でた者は己を知ろうとせぬ。それに反して、凡庸な者ほど己を知ろうとする」

「つまりそれがしは、己を知ることができると──」

「乱世ではな、己を知る者ほど強き者はおらぬのだ。そなたは、凡庸な己をよく知っておる。それゆえ晴信に無謀な戦いを挑まず、計策によって、うまくいなすことができるはずだ」

　計策とは外交のことである。すなわち、外交力を駆使して晴信の動きを牽制し、自らの領国を守れというのだ。

「大師様、ご遺言、しかと承りました」

「遺言か」

雪斎の面に笑みが広がった。

「あっ」

「よいのだ、竹千代。そなたは正直者だ」

「申し訳ありませぬ」

竹千代が額を畳にすり付けた。

「こうなってみると、人の生涯とは何と空しいものか。懸命に勉学に励み、気絶するほどの修行を積んでも、この肉体が潰えてしまえば、それですべては雲散霧消する」

「ということは、やはり、あの世はありませぬか」

「あってたまるか」

雪斎の首が動き、珍しい生き物でも見つけたかのように竹千代を見つめた。

からからと笑う雪斎につられ、竹千代も笑み崩れた。

「だからこそ――」

ひとしきり笑った後、雪斎の眼光が鋭い光を発した。

「竹千代、切所を見極め、悔いなく生きろ」

切所とは勝負所のことである。

――切所、か。

雪斎の顔が記憶の彼方に消えていった。

三

「よき酒だな」

「ああ、はい」

銅鐘のように冷たく響く信長の声で、家康は現実に引き戻された。

天正十年（一五八二）四月十四日、夕餉を終えた家康と信長は、駿府館の広縁に出て、一献傾けていた。

季節は初夏で、暑くもなく寒くもなく、時折、吹いてくる涼風が心地よい。

二人の座す広縁の前には、広大な庭園が広がり、篝火が昼のように焚かれている。

片膝を立て、盃を傾ける信長の視線の先には、脚付きの折敷が置かれ、その上に一つの首が載せられていた。

「あれが、そなたを長年にわたって苦しめてきた武田四郎（勝頼）だ」

「ああ、はい」

何と答えてよいか分からず、家康は間の悪い笑みを浮かべた。

信長と違い、家康はこうした趣向を好まない。すでに首となった者に屈辱を与えても、何の意味もなく、型通りの供養を済ませた後、速やかに埋葬するのが人としての道だと思う。

──ところが、この男は違うのだ。

勝頼に代わって新たな重石となったこの男が、己の猪首を眺めつつ盃を傾ける日が来ることを、家康はありありと想像できた。

──それをさせぬためには、あらゆることに気を配り、知恵の限りを尽くさねばならぬ。

これまで以上に神経をすり減らさねばならないと思うと、暗澹たる気分になる。

しかしそれをやらねば、生き残ることはままならない。

「三河殿、人とは首になってしまうと、つまらぬものだな」

唐突に信長が言った。

その言葉の真意が摑めず、家康は首をかしげつつ問い返した。

「つまらぬ──、とは」

「あの首が、かつては笑い、飯を食らい、そして兵を死地に追い込む命を下したのだ。しかし首となってしまえば、笑えもせぬし、飯も食えぬ。ましてや声の一つも発せられぬ」

至極当たり前のことでも、信長の表現は生々しく、さすがの家康も、あらためて人の世の無常を感じた。

「だがな――」

信長が珍しくため息をついた。その顔には、常にない弱気な色が差している。

「首となってしまえば、くだらぬことに煩わされずに済む」

「くだらぬことと仰せになられますと」

「例えば、己の頭で何も判断できぬ者どもよ」

信長は、些末なことにまで信長の意向を伺いに来る家臣たちに愛想を尽かしていた。しかし家臣が独自の判断を下し、それが信長の意に叶っていなければ、飛ぶのは家臣の首である。

「世の中には馬鹿も多いが、憂きことも多すぎる」

――憂きことと申すか。

家康は、やりたい放題の信長の生き方のどこに憂うべきものがあるのか、いたく興味を持った。

「右府様、こうして武田家を滅ぼし、この国の大半は右府様のものとなりました。それでも憂きことが多いと仰せか」

「ああ、多い。守るべきものが多くなればなるほど、憂きことも多くなるものだ」

――そういうことか。

家康にも、その気持ちはよく分かる。

「昔のように失うものが何もなければ、いかようにも戦える」

信長の目に、獲物を狙う鷹のような鋭気が満ちた。

「三河殿、覚えておるか、桶狭間のことを」

「桶狭間――、と仰せか」

家康にとって、あまりよい思い出ではない桶狭間合戦は、信長にとっては、この上なく楽しい思い出に違いない。

この時をさかのぼること二十二年前、敵味方に分かれた信長と家康は、尾張国知多半島の北端部にある桶狭間にいた。

永禄三年（一五六〇）五月十八日、尾張国の今川方最前線・大高城で、三人の武将が盃を傾けていた。

戸板を叩く風雨の音を気にしつつ、井伊直盛が武骨な手で元康の盃を満たす。

家康は、すでに元信から元康という名に変えていた。

「この雨が、明日まで残らねばよいのだが」

「仰せの通り。風雨の中での戦は厄介ですからな」

今度は元康が、直盛の盃を満たす。

「いずれにせよ、お二方のおかげで、首尾よく兵糧の搬入が成りました。お礼の申しようもありませぬ」

鵜殿長照が安堵したように盃を干す。

鵜殿長門守長照は、今川義元から尾張の橋頭堡・大高城を預けられている今川家重臣である。

一方の井伊信濃守直盛は、今川家の有力寄子国衆の一人として尾張国侵攻の先手を務めている。

元康も直盛同様、尾張国侵攻の魁を担っている。

この日の午後、今川義元が本陣を置く沓掛城を出た元康と直盛は、敵の攻撃を凌ぎつつ大高城への兵糧搬入を成功させた。これにより義元は、大高城へと本陣を進められることになった。

大高城は知多半島の根元にある交通の要衝である。この辺りは、なだらかな丘陵が幾重にも連なる田園地帯で、その間を縫うようにして北から鎌倉往還、東海道、大高道という三本の街道が、ほぼ東西に走っている。

　鎌倉往還と東海道が伊勢湾に達しようとするところに鳴海城が、大高道が伊勢湾に突き当たったところに大高城が築かれていた。つまりこの二城は、畿内と三河国を結ぶ伊勢湾交易網を掌握する舟運拠点となっていた。

　義元は、この二城を策源地として織田家の経済力を封じ、最終的には、それらを自らのものとすることで、上洛への道を開こうとしていた。

　ちなみに信長の父・信秀は、尾張国の南半分を制していたにすぎないが、その経済力は途方もなく、伊勢神宮に移築資金七百貫文を寄進したり、禁裏修理料として朝廷に四千貫文を上納したりするほどの大分限だった。

　同じ頃、正親町天皇が即位した折、毛利元就が上納したのが二千貫文で、当時、四ヵ国を支配する元就に倍する金額を朝廷に上納するほどの経済力が、信秀にはあったことになる。

　一貫文を現在価値の十万円とすれば、四千貫文は四億円に相当し、とても尾張半国の大名が出せる額ではない。

　その遺産を、そっくりそのまま引き継いだのが信長である。

大高城への兵糧搬入がうまくいったことは、義元率いる今川主力勢が、長期にわたって大高城に在陣できることを意味し、父祖の代からの今川家の念願である尾張制圧のめどが、ようやく立ったことになる。

こうしたことから、三人は長照の書院に集まり、祝杯を上げていた。

「御屋形様は、明日にも、こちらに入られるそうだ」

元康が長照に水を向けた。

「ああ、はい」

長照が、奥歯に物の挟まったような返事をした。

今川家の直臣(じきしん)たちは、作戦の詳細を傘下国衆に知らせないよう口止めされているらしく、外様(とざま)国衆の元康や直盛は、随時、命じられた戦術目標を達成することだけを求められていた。

情報の漏洩(ろうえい)を防ぐために必要な措置(そち)かもしれないが、信用されていないようで、元康は不快だった。

「まあ、われら国人は将棋(しょうぎ)の駒も同じだ。何も知らぬ方がよい」

膨(ふく)れた腹を突き出すようにして直盛が笑ったが、それを無視するように、元康は誰に問うでもなく問うていた。

「いかに二万五千の大軍とはいえ、ここ大高の城に、われら三人と朝比奈殿、鳴海の城に岡部殿、沓掛の城に飯尾殿と御屋形様の主力となれば、ちと兵が散り過ぎているとは思いませぬか」

五月十日、駿府を出陣した今川勢は、十三日に懸川城の朝比奈泰朝、翌日に引馬城（後の浜松城）の飯尾乗連の軍勢を加え、二万五千の大軍となって尾張国に向かった。

十六日に岡崎城に入った義元は、元康に松平家臣団を引き合わせた。

元康にも家臣にも、待ちに待った時が訪れたのだ。

元康を将に頂いて、勇躍した松平勢は、今川勢に先駆けて十八日、尾張国の沓掛城に入った。

同日夜、松平勢に続いて沓掛城に着いた義元は、作戦に参加するすべての将を集めて大軍議を開いた。

義元は、今川方の二つの城に対して築かれた織田方の付城を排除し、その勢いで尾張全土を制圧するという作戦方針を告げた。

かつて義元は、調略によって知多半島北部を所領とする在地国人の山口教継・教吉父子を傘下に収め、その拠点である鳴海・大高両城と、内陸部にある沓掛城を手に入れていた。

その後、信長に通じていた疑いで山口父子を粛清した義元は、鳴海城には岡部元信、大高城には鵜殿長照といった譜代の大身を入れた。

こうした事態に危機感を抱いた信長は、鳴海・大高両城の奪還を期し、五つの付城を築き、二城を包囲した。

付城とは、敵の城または拠点を攻撃する際に、寄手の策源地として築かれる城のことである。

義元は、まず鳴海・大高両城を織田勢の包囲から解放した上で、自ら大高城に入り、伊勢湾交易網を掌握すると同時に、織田家の本拠である清洲城に攻め上るつもりでいた。

その作戦の一翼を担う元康は、井伊直盛と共に大高城に兵糧を運び入れた翌日、付城の一つである丸根砦を落とすことを命じられていた。

同様に鷲津砦は、朝比奈泰朝が落とすことになっている。しかしそれ以上の詳細は、傘下国衆である元康や直盛には知らされていない。

「それがしは今川家の調儀（作戦）を知りたいのではなく、三尾両国の境目に展開する今川勢が、あまりに散り過ぎておることを危ぶんでおるのです」

元康が長照に訴えた。

今川勢は二万五千という大軍ながら、岡部勢、松平・井伊勢、朝比奈勢、飯尾勢、そして義元主力勢と五つの軍団に分かれ、それぞれ別個に行動していた。

――大師様はよく申されていた。「いかなる折にも、兵の分散は避けるべし」と。

「松平殿、ご心配には及びませぬ。兵力は鳴海の岡部殿が五千、われらが四千、一方、尾張の虚(うつ)けは、全軍合わせても二千か三千がよいところ。虚けが、どの城の後詰(ごづめ)に駆けつけようとも、互角以上の勝負に持ち込めるはず」

長照は義元の策に全幅の信頼を置いていた。

「そうだな。いったん不利となれば、岡部殿もわれらも城に籠(こも)ればよい。虚けが城を攻めあぐんでいるところに、御屋形様が後ろ巻き（後詰）を掛ければ、虚けに勝ち目はない」

直盛が、いかにも自信ありげに盃を干した。

「それでは虚けが、われらではなく御屋形様を狙ったらどうなさる」

意表を突かれたらしく、二人が顔を見合わせた。

「松平殿は、われらの内懐(うちぶところ)に虚けが入り、御屋形様を襲うと仰せか」

酒にむせって咳き込みつつ、直盛が問い返した。

「いや、そういうことも考えておかねばならぬと思うたまで」

最悪の事態を常に想定しておくことは、雪斎から噛(か)んで含めるようにして教えられたことである。それは義元も同様のはずだが、おそらく彼我(ひが)の兵力差を知り、安心しきっているに違いない。

「しかし——」

長照が童子(どうじ)を諭(さと)すように言った。

「そのためには虚けが、御屋形様の位置を正しく摑んでおらねばなりませぬ」

確かに、北の鳴海、南の大高、東の沓掛という今川方三城の作る三角地帯の中に駆け入り、己が包囲される前に手際よく義元を討ち取り、迅速に引き上げるには、義元のいる位置を正確に把握し、無駄なくその一点に兵力を集中せねばならない。

「御屋形様は明日、この大高の城に入られると聞きました。さすれば、その途次を襲われることも考えられます」

長照が首を左右に振った。

「御屋形様がこの城に来られることを、敵は知らぬはず。よしんば知られたとしても、いつどこを進んでおるかまでは探りようもありませぬ」

長照の面に、得意げな笑みが広がる。

「つまりだ」

直盛が、自慢の美髯(びぜん)をしごきつつ言った。

「尾張の虚けが御屋形様を討つためには、われらの包囲の中に飛び込まねばならぬ。死地に飛び込むからには、一直線に御屋形様の許に駆け入らねば勝ち目はない」

確かに、その通りだと家康も思う。しかしどの道、生き残るのが難しいとしたら、信長は乾坤一擲(けんこんいってき)の勝負を懸けてくるに違いない。

――わしなら、そうする。

二人の話は、敵の動きに対する洞察力を欠いているわけではない。しかし戦術的な確率論に終始し、信長の立場に立ってはいないのだ。

――ここで勝負を懸けねば、信長は撤退して城に引き籠るほか手はなくなる。さすれば、後詰のない籠城戦を勝ち抜くことはできない。

信長にも、それが見えているはずである。

だからと言って、義元が慎重になってしまえば、孤立して危機に陥るのは大高城だ。すなわち家康は、義元に来てもらわねばならない立場にある。

「仰せの通り。虚けが御屋形様の命を狙うなど、それがしの杞憂(きゆう)でございました」

いまだ釈然(しゃくぜん)としない思いを抱きつつも、元康が盃を干した時、障子を隔て使番(つかいばん)の声がした。

「長門守様に御屋形様からの命を申し上げます。御屋形様は明日の午の刻（十二時前後）、中食を桶狭間の漆山で取るとのこと。本来であらば、鳴海の炊場で支度するはずでしたが、飯が冷えるとのことで、大高で炊いた飯を小者に運ばせよとのこと」

「ああ、分かった。分かった」

元康と直盛の二人を後に残し、長照が慌てて座を立った。

三人は長照の書院で飲んでいたため、使番は元康と直盛がいることに気づかず、障子越しに、長照だけに伝えるべき伝言を口にしてしまったのだ。

――明日の午の刻、桶狭間の漆山か。

「聞きたくないことを聞いてしまったようだな」

「われらには、かかわりなきことです」

「そうだな」

直盛が気まずそうに盃を干した。

「井伊殿、明日は早い。そろそろお暇しましょう」

苦笑いを浮かべた二人は、長照の書院を後にした。

四

己の寝所（しんしょ）に引き取り、見るともなく天井の節目（ふしめ）を見ていると、人の考えつかぬような奇妙な紋様（もんよう）が、いくつも浮かび上がっていることに気づいた。

——あれは法師（ほうし）のような。こちらは湯浴（ゆあ）みする女人（にょにん）か。

くだらぬ妄想（もうそう）を振り払おうとすればするだけ、紋様に引き寄せられていく。

——明日は城攻めだ。早く寝なければ。

そう思うものの、元康は得体の知れない胸騒ぎにより、なかなか眠りに就くことができない。

——尾張の虚けは、出陣した後、馬上でうたた寝するという。かの者とわしは、それほど肝（きも）の太さが違うということか。

暗がりの中、無理に目を閉じると、紋様の残像が勝手に動き始め、柱や襖（ふすま）を伝い、近づいてくるような気がする。

——何かが、わしに訴えかけておるのか。

その紋様が、己の心の様を表していると分かった時、襖を隔てて酒井忠次の皺枯（しゃが）れ声が聞こえた。

「殿、起きておいでか」

忠次は齢三十四。十九歳の元康からすれば、父と兄の間くらいの年である。

「失礼いたす」

元康の許可も得ずに、忠次が寝所に身をすべり込ませてきた。その背後から、長い顎を持て余すようにして、石川数正も入ってきた。

数正はこの時、元康より九つ年上の二十八歳である。

「二人して何用だ」

致し方なく衾（ふすま）を払った元康は、半身（はんしん）を起こして蒲団（ふとん）の上に胡坐（あぐら）をかいた。

「殿は明日、いかに戦うおつもりか」

開口一番の忠次の問いに、さすがの元康も鼻白（はなじろ）んだ。

「今更、何を申す」

「この戦を殿はいかにお考えか、問うております」

数正が、いかにも実直げに問うた。

「いかに考えているかだと」

夜中に突然、寝所を訪れ、無礼な問いを発する家老二人に、元康は鼻白んだ。

「そなたらと禅問答をしておる暇はない。明日は全力で戦うのみ」

「ははあ、やはり」

数正がため息を漏らす。その人を小馬鹿にしたような態度に、遂に元康も怒りをあらわにした。

「そなたらは、わしを愚弄しに参ったか！」

「お静かに」

童子を叱りつけるように、忠次が節くれ立った指を唇に立てた。

「われらは、殿を三河国の主にすべく参りました」

「わしを三河の主にだと」

元康は思わず噴き出した。

――明日の戦で首尾よく丸根砦を落とさせても、わしは今川家の囚われ人のままだ。それくらいで御屋形様が、わしに三河一国を任せるわけがあるまい。

今川家の事情を教えようとした元康の言葉を、忠次が遮った。

「われらとて、丸根の砦を落としたくらいで、殿が岡崎の城に戻されるなどとは思っておりませせぬ」

「それでは、わしにどうせいと言うのだ」

「われらの待っていた時が訪れたのです」

憤然として問い返す元康を諭すように、数正が言った。

「待っていた時だと」

数正が続ける。

「殿、甲相駿三和一統が成った今、今川家の鋭鋒は西に向けられます」

「そんなことは分かっておる。だからこうして、われらは尾張くんだりまで出張り、虚けを討とうとしておるのではないか」

「いかにも。となると、われら西三河衆は、今川家の尖兵として使いつぶされます」

数正は「松平家中」と言わず、「西三河衆」と言った。その言葉は、元康が盟主にすぎないことを、暗にほのめかしている。

忠次が話を引き取った。

「御屋形様は、いまだ支配の行き届かぬ三河国を蔵入地（直轄領）とし、畿内への足掛かりとするに違いありませぬ」

家督を氏真に譲った義元は、安定している駿河国の支配を氏真に任せ、遠江以西の地を直仕置する新体制を布こうとしていた。

というのも義元は上洛の上、縁戚にあたる足利将軍家を支え、執政として実質的な天下の主になることを目指していたからである。

西上作戦を実施するとなると、三河国を策源地とするのが妥当である。たとえ尾張国を制したとしても、すぐに支配が行き届くわけではなく、当初は、年貢の徴収もままならないはずである。となれば義元は、三河国の岡崎城あたりを大改修して第二の本拠とし、畿内に出入りしようとするに違いない。

そんなことになれば、元康が三河国の主になることは永劫(えいごう)にない。

「それゆえ、このまま今川家の領国が拡大しても、殿は国持ち大名になれませぬ」

「しかも御屋形様が勝てば、殿は三河国を失うことになるのです」

二人が口をそろえた。

「では、どうせいと申すのだ」

元康が投げやりに問うと、二人は顔を見合わせた後、声を合わせて言った。

「寝返ります」

一瞬、唖然(あぜん)とした後、元康は頭を抱えた。

「そなたらは、尾張の虚け以上の虚けだ。どこの馬鹿が、この有様で寝返る」

戦況は圧倒的に今川方有利であり、一千にも満たぬ松平勢が寝返っても、味方である今川方に揉(も)みつぶされるだけである。

「いや、お味方には、寝返ったと覚られずに寝返ります」

忠次の膝が衾に触れるほど近づいた。その瞳の奥には、暗い野望がたぎっている。

「そんなことができようか」

衾をかき寄せ、本能的に身を引こうとする元康の手首を忠次が掴んだ。

「まずはお聞き下され」

その気魄（きはく）に圧倒され、元康の動きが止まる。

「先ほど、われらが遠侍（とおざむらい）で殿を待っておりますと、隣の小部屋から長門守殿の声が聞こえました。長門守殿は何か気に入らぬことがあったらしく、沓掛の城からやってきた使番を叱りつけておりました」

続いて数正が話を引き取った。

「どうやらその使番は、殿と信濃守殿を前にして、今川家の秘事（ひじ）、つまり御屋形様の明日の行程を、つい口にしてしまったようで、長門守殿は慌てておりました」

「そのようだな」

「殿は、それをお聞きになられたか」

「それと申すは使番の言葉か」

二人がうなずく。

――此奴らは本気で寝返るつもりなのか。

「ああ、聞いた」

そう元康が答えると、二人の口から「おお」という声が漏れた。

「してそれは――」と言いつつ、身を乗り出す二人を元康が制した。

「よいか。前もって言っておくが、わしは今川家を離反するつもりなどないぞ」

「それでは殿は、ずっと今川家中のままでいるおつもりか」

忠次の一重瞼の端が引きつる。

「そうは申しておらぬ」

「殿、よろしいか」と言いつつ、今度は数正が膝をにじった。

「われらは、以前より織田家中の簗田出羽守殿と通交がありました」

「何だと」

元康が駿府にいる間、家臣たちは織田家と勝手に連絡を取っていた。そんなことが義元にばれれば、山口父子同様、元康も粛清される。

「そなたらは、己のしていることが分かっておるのか」

怒る元康を無視して忠次が続けた。

「つい昨日、簗田殿から密使が入り、織田殿が中入りを掛けるつもりなので、明日の御屋形様の行程を教えてほしいと問うてきたのです」

「中入り、だと」

中入りの可能性は、元康も頭の片隅から離れなかったが、信長自ら陣頭に立つとは思ってもみなかった。

ちなみに中入りとは、敵を背後に残しつつ敵陣深く攻め入ることである。この場合、鳴海・大高両城の今川勢を背後に残したまま、義元の首を求めて、鳴海・大高・沓掛三城の作る三角形の中に、信長自ら飛び込もうというのだ。

「われらは、長門守殿が使番を叱るのを聞きましたが、その中身まで分からず——」

「つまりそれを、わしから聞きたいというのだな」

「いかにも」

二人が威儀を正した。

「しかし、討ち漏らしたらどうする。敵に御屋形様の行程を伝えたとして、わしか井伊殿が真っ先に疑われる」

「仰せの通り」

「そなたら、まさか——」

元康の顔色が変わった。

「織田殿が首になろうが、御屋形様が首になろうが、長門守殿と信濃守殿は、すでにこの世におりませぬ。信濃守殿は丸根砦を落とした後に織田勢が、長門守殿はこの城に残る与七郎が、始末いたします」

　与七郎とは石川数正のことである。

「何と恐ろしいことを」と言いつつ、元康が頭を左右に振ったが、それに頓着せず忠次が迫った。

「われらとて武士。今川家に弓引くは忍び難く、お味方衆を始末するのは無念やる方なし。しかしこれを逃せば、松平家が本領を回復する機は、永劫に訪れませぬ。鵜殿家や井伊家の係累には、いつか報いる日もまいりましょう。殿が大きくなることで、その見返りも大きくなるのです」

　酒井忠次が、いかにも辛そうな顔をして言った。しかしそれが、どこまで本心かは分からない。

　――此奴らには、目先のことしか見えておらぬ。

「欲に囚われた者に大局は見えぬ」という雪斎の言葉が、元康の脳裏をよぎった。

「よいか」と言いつつ、元康は衾を払うと声を荒らげた。

「信長の思惑通りに事が運び、首尾よく御屋形様を討ち取れたとしても、それで三河国が、わしのものになるわけではない。だいいち信長が、約を違えて攻め寄せてくることも考えられるではないか」

今川家の力を弱めれば、その庇護がなくなり、元康は、独力で他国に抗していかねばならなくなる。

「われらの手筋である簗田出羽守殿によると、当面、織田殿は三河国に攻め入らぬとのこと」

「そんな言葉が信じられるか」

「殿、この戦国の世では己以外、誰も信じられませぬ。しかし、誰かを信じねば生き残れぬのも確か。このまま今川家の寄子で生涯を終えるも、そうでない生き方をするも殿の勝手。だがここが、一つの切所であることだけは間違いありませぬ」

──切所か。

切所とは勝負どころのことである。

元康の脳裏に、いまわの際の雪斎の言葉がよみがえった。

「竹千代、切所を見極め、悔いなく生きろ」

──ここが生涯の岐路なのか。

元康の直感が、それを教えた。

——やるか。

天井の紋様は大きな渦を巻くように動き出し、やがて止まった。

「そなたらは、どうしても、わしに三河国を取り戻させたいのだな」

そろって首肯(しゅこう)する二人に、元康は言った。

「分かった」

「それでこそ——」と言いつつ、忠次が感極まって唇を嚙むと、代わって数正が膝を進めた。

「して、御屋形様の行程は——」

——大師様、申し訳ありませぬ。

心の中で雪斎に詫(わ)びると、元康は思い切るように言った。

「わしが聞いたのは、午の刻、桶狭間の漆山で、御屋形様が中食を取るということだ」

「午の刻に桶狭間の漆山と」

「うむ」

己に覚悟を決めさせるように、元康は大きくうなずいた。

「これにて、殿の御運は開かれましょう」

顔を見合わせてうなずいた二人が、寝所から引き取ろうとした。

「待て。わしはどうすればよい」

「殿は明日、全力で丸根砦に仕寄ればよろしい。後は、われら二人にお任せあれ」

従前と変わらぬ冷静な声音で、忠次が答えた。

五

風に煽られ、篝火が妖しく揺れていた。その灯に照らされた信長の半顔を見ていると、この世の者とは思えない気がしてくる。

——わしは、この魔に生涯を託したのか。

そんな家康の思いを知ってか知らずか、信長も桶狭間を追憶しているようだ。

「あの時、そなたが義元の居場所を伝えて来ねば、わしの首は、この勝頼の首のように義元の前に置かれていたはずだ」

信長が口端に冷笑を浮かべる。

「そなたの臣から簗田出羽を経て、わしは義元の居場所を知った。だがわしは、それを罠だと思った」

「えっ」

「当然のことだ。大高・鳴海・沓掛三城の作る角烏帽子の中に、わしを入れてしまえば、わしは袋の鼠だ。見当違いの方角を走り回った末、今川勢に包囲される。これほど容易に、わしを討ち取れる手立てはない」

頭の片隅で、「それも悪くなかったな」という囁きが聞こえた。

「そなた同様、わしも切所だった。それゆえ、そなたの欲に賭けてみようと思った」

「それがしの欲、と仰せか」

「そうだ。生涯、義元ごときに使い回されるだけの男か、義元を超えられる男か。わしは、そなたの欲に賭けた」

「ありがたきお言葉」

家康が深く頭を下げると、信長は笑みを浮かべた。

「むろん、酒井忠次の弟と石川数正の親類を証人として預かった上、あらゆる点を吟味し、そなたが寝返ると踏んでのことだ」

「さすが右府様」

家康が媚びるような笑みを浮かべた。

「それにしても、井伊直盛は気の毒なことをしたな。そなたの運がさらに開けたら、子らを取り立ててやれ」

「はっ」と言いつつ、家康が頭を下げた。

丸根砦に攻め寄せた松平・井伊両勢は、瞬く間に砦を攻略したが、逃げる敵の追撃に移った井伊勢を尻目に、後に続くべき松平勢は動かなかった。

そこに届いたのが、義元横死の報である。

追撃戦の最中、それを聞いた井伊勢は慌てて道を引き返そうとしたが、織田勢の反攻を支えられず潰走、直盛は討ち死にを遂げ、井伊勢は壊滅に近い打撃を受けた。

一方、鵜殿長照と共に大高城に残った石川数正は、義元の死を聞いて長照を殺そうとするが、結局、取り逃がしてしまう。

しかし、己の使番の失態から義元の行程がばれたとあっては、義元の跡を継いだ氏真から、いかなる罰を下されるか分からない。それゆえ長照は口をつぐんだ。

義元の死から約二年後、長照は、本拠の西郡上之郷城を元康に攻められ、城に火を放って自刃する。

長照は長照なりに、今川家に忠節を尽くして死んだ。これにより、元康が信長に内応していたことは、永劫に秘匿された。

この時、元康は、落城時に投降してきた長照の子息二人を殺さずに捕虜とし、後に家臣とすることで、長照に報いた。

また、後に井伊直盛の孫にあたる直政（なおまさ）を探し出させた家康は、直政に故地（こち）の井伊谷（いいのや）城を与え、自らの小姓とした。


風が強くなってきた。

篝火は風に煽られ、苦悶（くもん）するように舞い始めている。

薪（たきぎ）のはぜるパチパチという音が、家康を責めているように聞こえる。

――わしは、味方をだましてのし上がったのだ。

その後ろめたさは日を追うごとに増してくる。だが、過去に戻ることはできない。

「そなたのおかげで、万事うまくいったわ」

あの時、家康が義元の居場所を教えなければ、おそらく家康は、生きた信長と対面することはなかったはずである。眼前に置かれた勝頼の首のように、信長は首となり、家康をにらみつけていたに違いない。

――人の運など紙一重なのだ。

家康の脳裏に、雪斎の言葉が去来した。

「人は、今ある己が当然のことだと思うて生きておる。ところが、何か一つ判断を違えておれば、よきにつけ悪しきにつけ、全く別の生涯が開けておったやもしれぬ」

雪斎はその時、「見よ」と言って顎で庭を指し示した。

そこでは、痩せた男がつまらなそうに庭を掃いていた。

「あそこで庭を掃く弥惣次は、かつて遠江で大きな勢力を有していた勝間田一族の出だという。当主が今川家に抗ったおかげで、勝間田家は滅び、弥惣次は寺男に身を落とした。だが何かが一つ違っておれば、ここで弥惣次がわしの教えを受け、そなたが庭を掃いていたやもしれぬのだ」

――つまり、人の運命など、ほんの些細なことから変わっていくものなのだ。

信長が盃を置く音で、家康は現実に引き戻された。

無言で懐から扇子を取り出した信長は、庭に下りて勝頼の首の正面に立つと、ゆっくりと頭上に扇子を掲げた。

「人間五十年、化天のうちを比ぶれば、夢幻のごとくなり――」

山躑躅の咲き乱れる駿府館内望嶽亭の庭で、信長得意の「敦盛」が披露された。

「一度生を得て、滅せぬ者のあるべきか」

家康は、己とかけ離れた世界に住む一人の男を見ていた。

信長は仏神を信じず、滅ぼした敵の供養などしない。敵の首はどこかに打ち捨てられ、烏に食われるだけである。しかし信長にも、武人としての心はある。長年にわたって好敵手だった勝頼に、舞を献上しようと思ったのだ。

その幽玄華麗（ゆうげんかれい）な舞に見入りつつ、家康の回想は続いた。

織田勢の勝鬨（かちどき）が一山（ひとやま）向こうから聞こえる中、元康は恐る恐る丸根砦を出た。ここで信長が約を違えれば、元康は手もなく首になる。

しかし信長は、そうしなかった。

——あの時、右府様が見逃してくれたおかげで、わしは岡崎城に戻れ、独り立ちできた。

松平家当主として、元康は、十年半ぶりに岡崎城への復帰を果たした。

すでに今川家ゆかりの者たちは、引馬（ひくま）城に引き揚げており、岡崎城で元康を迎えたのは、松平一族と重代相恩（じゅうだいそうおん）の家臣たちだけである。

その後、元康の西三河統治が不安定な時期にも、信長は決して攻め入らなかった。

——右府様は、わしとの約を守った。わしは博奕（ばくち）に勝った。いや、勝たせてもらったのだ。

桶狭間合戦の後、尾張全土は信長の手中に帰し、西三河は元康のものとなった。

やがて舞い終わった信長は、柄杓で甕の冷水をすくうと、一気に飲み干した。その白く細い喉仏が、別の生き物のように脈打っている。

――あの細首が落とされる日が来るのか。それとも来ないのか。

それは、家康にも分からない。

三杯ほど続けて冷水を飲むと、信長が座に戻った。

すでに汗ばむ季節であり、信長の額やこめかみには、汗の玉が浮かんでいた。だがそれは不快を催すものではなく、女性の汗のように、ほのかな色香さえ漂わせている。

家康は、今なら桶狭間のことを問える気がした。

「右府様、なぜあの時、それがしを討ちませなんだか」

「あの時――」

「はい。それがしが丸根砦を出た時、引き揚げてくる右府様とそれがしは、一山隔てただけで、すれ違いました。わしはあの時、生きた心地がしなかった。しかし右府様は、それがしを討ち取らなかった」

「そうであったな」と言いつつ、信長が口辺に笑みを浮かべた。

「それがしが岡崎に入った直後も同様。あの時、右府様が三河に攻め入れば、三河一国は、苦もなく右府様の手に帰したはず」

「いかさま、な」

信長が真顔になった。

「その理由は、わしにも分からぬ」

「右府様でも、分からぬことがありますか」

「ああ、この世は分からぬことだらけだ」

むろん家康には、その理由が薄々、分かっていた。

信長は先の先を読み、家康に存在価値を見出していた。つまり、今川家と武田家の西進を防ぐ壁の役割を、家康に託そうとしていたのだ。

——あっ。

今川・武田両家が滅んだ今、己の存在意義がなくなったことに、家康は気づいた。

六

翌十五日早朝、家康と共に駿府を出立した信長は十六日、浜松城に入り、家康から駿府同様の手厚い饗応を受けた。

駿河国に入って以来、信長の進む道には石一つなく、随所に御茶屋が設けられ、宿泊地には信長用の豪奢な宿館と、その家臣たちの泊まる家が建てられていた。

浜松城内にも望楼を新築し、そこから佐鳴湖に沈みゆく夕日を眺めつつ、夕餉を取れるようにした。

「真に美しき光景だ。歌人であれば、歌の一つも詠みたくなるであろうな」

佐鳴湖を眺めつつ、信長が感慨深げに言った。

「わが領国内でも、ここから見える佐鳴湖ほど美しき景色はありませぬ」

「とは申しても、歌才のないそなたのことだ。さぞ、もどかしいであろう」

「は、はい」

家康が恥ずかしそうに身を縮めたので、信長は呵々大笑した。

――そなたとて同じであろう。

信長は風流を好んだが、歌は詠まない。それは歌才がないというより、文学といったものに興味も関心もないからである。

その時、小姓が酒肴を運んできた。

信長も家康も、酒はたしなむ程度だが、武田家を滅ぼした安心感からか、駿河に入ってから信長は、いつになく酒を過ごすようになっていた。

「おお」

朱塗り（しゅぬ）の折敷の上に置かれた黄金の酒器を見て、信長が目を見張った。

夕日を受け、諸口（もろくち）も盃も輝きを増している。

諸口とは、長い柄（え）の付いた銚子（ちょうし）のことである。

「右府様がおいでになられると聞き、黄金の酒器を新調いたしました」

家康としては、精いっぱい奮発したつもりである。

「黄金の盃か」

小姓に酒を注（つ）がせつつ、信長が言った。

「三河殿、覚えておるか」

「えっ、何をでございますか」

信長の目が光った。

「これよ」

信長が盃を示したが、家康には何のことだか分からない。

「分からぬか」

「はあ」

「薄濃（はくだみ）よ」

「あっ」

家康が思わず口に手を当てた。突然、嘔吐（おうと）しそうになったからである。それを見た信長は、手を叩かんばかりに喜んでいる。

薄濃とは、何かを漆（うるし）で塗（ぬ）り固め、金銀箔（きんぎんぱく）で彩色したもののことである。

「そなたのあの時の顔を思い出したわ」

家康はうつむき、決まり悪そうな笑みを浮かべるしかない。

——此奴は狂っておる。

家康が初めてそう思ったのは、かつて薄濃とされた頭蓋骨（ずがいこつ）に注がれた酒を飲まされた時である。

「何だと、備前（びぜん）が寝返っただと！」

永禄十三年（一五七〇）が元亀（げんき）と改元されたばかりの四月二十八日の夜、信長の怒（ど）声（せい）が木（き）の芽（め）峠を震わせた。

備前とは浅井（あざい）備前守長政（ながまさ）のことである。長政は信長の妹を室（しつ）にしており、信長が最も信を置く同盟者の一人である。

——つまり、退路を断たれてしまったということか。

信長やその幕僚と共に、この話を聞いた家康は愕然とした。

永禄十一年（一五六八）九月、足利義昭を伴って上洛を果たした信長は、山城、摂津、河内など畿内諸国を平定し、永禄十三年正月、畿内や隣国の諸大名に対して、新将軍義昭の許に伺候するよう触れを出した。これに応じて大和の松永久秀、河内の三好義継、伊勢の北畠具房らが上洛を果たした。

しかし越前の朝倉義景はこれを無視したため、信長は討伐軍三万を編成、勅命と将軍の上意を奉じて越前に侵攻した。

この時、信長の援軍要請に家康も応じ、共に越前国に入った。

「備前には江北を安堵したのだ。何の不足があるか。虚説に違いない」

信長が断じた。

江北とは近江国の北半分のことである。

長政離反の報を一刻も早く届けるべく、夜を日に継いで馬を飛ばしてきた使番は、必死の形相で反論する。

「いいえ。備前殿が挙兵したのは、まごうかたなき真実」

その言葉を、佐久間信盛が言下に否定する。

「備前は殿の義弟。寝返るはずがありませぬ。これは、時を稼ぎたい朝倉方が流した惑説に違いなし」

「殿、かような話に惑わされることはありませぬ。このまま木の芽峠を越えるべし」

柴田勝家も同調する。

「お待ち下さい」

使番は必死である。

「離反は疑いなきこと。それがしは、湖西の道に浅井家が設けた関を突破してきました」

その一言は決定的である。

「分かった」

信長が断を下した。

「どうやら備前の離反は間違いないようだな。今から兵を引く」

「しかし殿――」

反論しようとする勝家を信長が封じた。

「真偽を確かめている暇はない。かようなことをしておれば、近江のすべての街道を封鎖され、われらは朝倉と浅井に挟撃される」

浅井・朝倉両家には、どちらかが危機に陥った際、相互に助け合うという攻守同盟が父祖の代からあり、長政が信長に臣従した時の唯一の条件も、「朝倉家と敵対しないでほしい」というものだった。

ところが信長は、そうした大名間の盟約の上に将軍の命を位置付けたので、朝倉家の討伐は当然のものと思っていた。

つまり信長は、個々の大名間の約束事すべてを破棄させ、将軍を頂点とした新たな秩序を築こうとしていたのだ。

だが浅井家は、かつて南近江の六角家との戦いで窮地に陥った際、幾度となく朝倉家に救われてきており、おいそれと朝倉家を裏切るわけにはいかない。

将軍の命を奉じるか、長年の恩義に報いるか、悶々と悩んだ末、長政は恩義を重んじる道を選んだ。

その結果、信長は南北から挟撃されることになった。

信長の呼び掛けに応じて出兵してきた家康としては、こんなところで命を落とすわけにはいかない。

「仰せ、ご尤も！」

その時、羽柴秀吉という成り上がり者が膝を叩いた。

「殿、一刻も猶予はありませぬ。とにかく殿は、この地から真っ先に引いて下され」

「うむ」

信長自ら言いにくいことを、秀吉が代弁した。

——如才ないことよ。

異能者の多い織田家の中でも、信長の意を汲むことにかけては、この男の右に出る者はいない。

一方、頑固者ぞろいで、世辞の一つも言わない己の家臣団を思い出し、家康は心中、ため息をついた。

「十兵衛、諸国を旅していたそなたのことだ。どの道を使ったらよいか分かるであろう」

信長が、傍らに控える明智光秀という男に問うた。

朝倉家に仕えていたこともあるというこの男は、寡黙だが、口を開いた時には無駄なく的を射たことを言うので、家康は一目置いていた。

家康の家臣団には、こうした諸国の事情に通じた者がいない。何とはなしに他国者を受け入れない雰囲気があるのも、三河武士団の特徴である。

「西近江の山中を通る若狭街道であれば、敵の手も、いまだ回りかねているかと思われます」

越前国から京に至るには、琵琶湖東岸と西岸を通る二つの道が主要道となる。東岸を通る北国街道は、浅井家の本拠・小谷城の眼下を通っており、論外である。信長が往路に使った湖西道（西近江路）にも、すでに敵の関が置かれているのは、使番が証言した通りである。

「若狭街道と申すと、あの朽木谷を通る道か」

「はい。あの山中を所領とする朽木元綱は、浅井傘下の土豪とはいえ、かつては幕府奉公衆。将軍家の威権を振りかざせば道を空けるはず」

「いかさま、な。しかし朽木の小僧が、備前に忠節を尽くすつもりなら、わしは討ち取られる」

朽木家当主の元綱は、二十歳を少し超えたばかりである。元綱が将軍の権威などを意に介さない野心家であれば、信長の首を取ることによって、浅井家中で重きを成すことができる。その一方、小心者であれば、将軍を担ぐ信長の威に伏すはずである。

「それでは、全軍で戻ったらいかがか」

佐久間信盛が、恐る恐る意見具申した。

「馬鹿め。そんなことをしておれば、朝倉勢に追いつかれてしまうわ」

信長は、己の身一つが助かれば巻き返しが利くと思っている。

――つまり後に続く者たちのことなど、どうでもよいのだ。

信長にとっては、家康も〝どうでもよい〟一人であるに違いない。

「で、誰が朽木谷に入り、小僧の真意を確かめる」

「それがしに」

末席から手が上がった。

その鋭い眼光と、岩塊のように頬骨が突き出した面付きは、ほかの家臣たちとは一線を画している。

「弾正、そなたになぜ、それができる」

その男こそ、梟雄として畿内にその名を轟かせた松永弾正久秀である。

「朽木の小僧とは、かねてより知己でござる。しかもかの者の肝は、そのあたりの野兎よりも小さい。脅すなりすかすなりすれば、手もなく道を空けましょう」

その言に皆が沸いた。

――岐阜殿は、よき家臣をお持ちだ。秀吉といい、光秀といい、弾正といい、皆、織田家と重代相恩の間柄ではない。しかし、それぞれ一芸に秀でておる。

家康は、三河人ばかりの己の家臣団にも、こうした外部の人材を加えねばならないことを痛感した。

「よし、それでは先触れは弾正に任せよう。さて――」

信長が周囲を見回した。

――そういうことか。

その時、家康は気づいた。

――弾正は、保身のために先触れ役を買って出たのだ。

真っ先にこの危地から脱するには、信長に同行するのが最上の方策である。

――つまり弾正は、殿軍に指名されたくなかったのだ。

「それでは、わしは先にこの地を去る。当然、追っ手が掛かろう。それを防いでもらわねばならぬ」

信長が居並ぶ重臣たちを見回した。

「誰が殿軍を担うか」

「はっ、ぜひそれがしに」

真っ先に手を挙げたのは羽柴秀吉、続いて明智光秀である。

「よし、分かった」

――彼奴らは功を挙げねばならぬ立場だ。それが佐久間や柴田とは違うのだ。

成り上がってきた二人は、さらなる出頭のために危険を冒さねばならない。つまり、己の命を賭場に張らねばならない立場にある。

「藤吉と十兵衛の覚悟は見事だが、そなたらの手勢を合わせても一千に満たぬではないか。それだけで、いかにして朝倉の追撃をかわす」

信長が撤退に移れば、越前府中で迎撃態勢を整えている朝倉景鏡率いる八千の兵が動き出す。さすがに、それを一千で支えるのは無理がある。

――さて、佐久間か柴田か。誰が指名されるかの。

家康が、他人事のように家臣たちを見回した時である。

「徳川殿」

「えっ」

家康の肝が、「びくん」と音を立てた。

「貴殿は二千余の兵を率いておったな」

――この男は戯れ言を申しておるのか。

家康は笑みを浮かべたが、次の信長の言葉で、その笑みは頬に張り付いた。

「佐久間や柴田の手勢は、手筒山と金ヶ崎の城を落とした際の働きで疲弊しておる」

確かに佐久間・柴田両勢は、二つの城攻めの際に主力となって働いたため、死者や負傷者が多く出ている。一方の家康は、手筒山城の大手口を破る活躍を見せたが、大勢が決した後でもあり、さほど死傷者は出していない。

——だからと言って、これは、わしにとって手伝い戦ではないか。

家康は叫び出したかった。

撤退戦となれば、助勢で来た徳川勢が、早々に引き揚げさせてもらうのは当然である。しかも佐久間・柴田両勢が、殿軍を担えぬほどの損害をこうむっているとは思えない。

「嫌なら構わぬが」

信長の瞳の奥に冷たい光がともった。

——ああ。

手伝い戦に来た者が、退き陣の殿軍を担わされるなど前代未聞である。しかも朝倉勢が本気で追撃してくれば、敦賀平野に押し込まれて殲滅される公算が高い。

「致し方ない。それでは別の者に殿軍をやってもらうか」

信長が幕僚たちを見回した。

——己の尻は己の手でふけ！

しかし家康の口からは、それとは裏腹な言葉が飛び出していた。

「お待ち下さい。それがしでよろしければ——」

その言葉が終わらぬうちに、信長が言った。

「さすが三河殿。見事な心がけである。皆も見習うように」

——わしは、そなたの家臣ではない。

怒りを通り越し、泣き出したい気持ちを抑えつつ、家康は言った。

「殿軍は、われらにお任せあれ。織田殿は一刻も早くご出発下され」

「分かった」

それで軍議は散会となり、すぐに退き陣に移ることになった。

その時、茫然とする家康の肩に手が置かれた。

「さすがですな」

羽柴秀吉である。

「三河殿のおかげで、われらも命を長らえられるやもしれませぬ」

——この男は、命を賭場に張らねばならぬ立場にある。しかしわしは、やりたくもない賭けをやらされるのだ。

「頼りにしておりますぞ」

家康の肩を叩くと、大笑しながら秀吉は去っていった。

本陣内に誰もいなくなったことに気づいた家康は、とぼとぼと己の陣に戻り、幕僚にこの決定を告げた。

常であれば、口角泡(こうかくあわ)を飛ばして家康を罵倒(ばとう)する幕僚たちも、あまりのことに、ぽかんと口を開けて言葉もない。

しばしの沈黙の後、本多作左衛門重次(ほんださくざえもんしげつぐ)がぽつりと言った。

「わしも様々な虚けを見てきましたが、手伝い戦に来て、退き陣の殿軍を引き受けた虚けは、見たことも聞いたこともありませぬ」

その言葉を笑う者は誰もいない。

茫然とする徳川家中を尻目に、松永勢と馬廻衆を従えた信長は、颯爽(さっそう)と峠道を下っていった。それに柴田や佐久間らが続く。

雲霞(うんか)のごとくいた兵たちは、瞬く間に闇の中に消えていった。

悄然(しょうぜん)とそれを眺める家康の許に、秀吉の使者がやってくると、殿軍だけで軍議を行うと告げてきた。

人もまばらになった本陣に入ると、秀吉と光秀のほかに一人の武将がいた。

池田筑後守勝正(いけだちくごのかみかつまさ)である。

啞然とする家康を尻目に、勝正は平然と言った。

「手伝い戦でいらした三河殿に殿軍を担わせては、織田家の名折れ。殿は、それがしにも残れと命じられました」

——何と。

信長は徳川・羽柴・明智勢に加えて、池田勝正率いる三千の部隊を殿軍として残していった。

——わしの忠節を試したのだな。

家康は信長の真意を知り、心中、苦笑いした。

すなわち信長は、本気で家康に殿軍を担わせるつもりはなく、家康を試したのだ。仮にあの場で断ったとしても、信長は何も言わなかったに違いない。しかし家康への信頼は薄れ、今後、家康が危機に陥っても、容易に援軍を出さないはずである。

結局、羽柴・明智両勢に加えて池田勢が最後尾を担ったため、家康は敵の矢面に立つことなく、殿軍の第二線部隊として撤退することができた。

——やはり、かの男は侮れぬ。

絶体絶命の危機にあっても、家康を試すことを忘れない信長を、家康は心底、畏怖した。

一方、信長は二十九日、朽木元綱に忠節を誓わせ、その案内によって朽木谷を通り、三十日、京に帰り着くことができた。

七

京に戻った信長の怒りは凄まじかった。

甲賀郡に隠れていた六角承禎が南近江に進出し、岐阜と京を結ぶ街道を封鎖してきたことも、怒りに油を注いだ。

京と岐阜の連絡が断たれてしまうことは、信長にとって致命的である。

京に戻って間もない元亀元年（一五七〇）五月十二日、信長は、配下諸将を琵琶湖南岸の諸城に派遣する。

佐久間信盛には永原城、柴田勝家には長光寺城、中川重政には安土城といった具合である。

ちなみにこの時の安土城は、後年、信長が創建する安土城とは違い、砦に近い簡易な城である。

五月下旬、旧領回復を旗印に六角勢が押し出してきたことで、決戦は不可避となる。

六月四日、野洲川北岸の乙窪で六角勢と衝突した佐久間・柴田両勢は、鎧袖一触で六角勢を撃破、七百八十もの首級を上げ、大勝利を収めた。

これにより六角氏は再起不能となり、再び甲賀の山奥に落去していった。

続いて信長は、恨み骨髄の浅井長政への攻撃を開始する。そのきっかけは、浅井氏の有力寄子国衆の一つである堀秀村が、調略に応じてきたことによる。

堀氏は琵琶湖東岸の中央部・近江国坂田郡に根を張る国人であり、これによって長政の本拠・小谷城への道が開けた形になった。

六月二十一日、一万五千の兵を率いて出陣した信長は、小谷城の南半里にある虎御前山に着陣したが、小谷城の構えは堅固で、容易には落とせそうにない。

そこで信長は、背後に残してきた横山城を先に攻略することにした。

横山城は、小谷城の南東二里余にある平山城である。

二十三日、織田軍は虎御前山から撤退し、横山城を包囲した。ここで合流してきたのが、信長から援軍を要請された徳川勢五千である。

これにより織田・徳川連合軍は二万余になり、横山城は風前の灯となった。

横山城が落とされると、小谷城は孤立する。長政としては、そうなる前に織田方に後詰決戦を挑み、横山城を包囲から解放したい。しかし浅井勢だけでは五千余で、織田・徳川連合軍に決戦を挑んでも、勝てる見込みはない。

ところがそこに、越前から朝倉勢八千が駆けつけてきた。これにより一万三千となった浅井・朝倉連合軍は、後詰決戦を挑むことになる。

二十六日、浅井・朝倉連合軍は小谷城を出て、東西に流れる姉川の北岸から少し離れた大依山に陣を布いた。

これにより浅井・朝倉連合軍が、明日にも姉川を渡河してくることは確実となった。

一方、織田・徳川連合軍は、対峙するように南岸に陣を布いた。

信長の本陣は、比高二十二間（約四十メートル）余の竜ケ鼻である。

二十七日の夜、浅井・朝倉連合軍が、大依山から姉川河畔に進んできているとの一報が入り、信長は軍議を開いた。

風がないためか、夜になっても暑さは収まらず、篝火に近づくのさえ憚られる。汗かきの家康には辛い季節である。

「三河殿、待っていたぞ」

陣幕をくぐると、信長はもちろん、織田家の諸将が顔をそろえていた。

「お待たせいたしました」

家康は客将のため、信長の傍らに座が与えられる。床几(しょうぎ)に腰を下ろすと、どっと汗が出てきた。信長の近くにいるという緊張が、家康の毛穴という毛穴から汗を噴き出させるのだ。

絵図面を広げた柴田勝家が、付近の地形と敵の陣形の説明を始めた。

それによると、横山城と同じ尾根の末端にあたる竜ヶ鼻を除けば、付近には小丘(しょうきゅう)一つなく、唯一、勝山(かつやま)という比高五間ほどの微高地があるだけだという。

――つまり敵が渡河してくれれば、野戦になるというわけか。

たとえ勝ったとしても、野戦は兵の損耗が激しいので、手伝い戦では避けたい戦い方である。

「敵は明日、渡河を強行してくるはず。物見によると、敵は二手に分かれ、東の野村(のむら)に浅井勢五千、西の三田村(みたむら)に朝倉勢八千が布陣しておるとのこと」

「ほう」

信長が、いかにもうれしそうに笑みを浮かべた。

「浅井を前衛にして、朝倉が後陣を担うと思うていたが、そうではないようだな」

「はい。敵は四半里余に広がり、同時に渡河してくる模様」

この付近の姉川は浅く、場所によっては膝くらいの深さしかない。しかも流れは緩やかで、渡河する方が不利となる常の戦とは、様相を異にする。

「馬鹿な奴らだ」

信長が鼻で笑ったが、家康には、その真意が分からない。

――前後に分かれるより、横一線で渡河される方が厄介ではないか。

「敵が二手に分かれて渡河するというなら、われらも二手に分かれて戦おうではないか。のう、三河殿」

「あっ、はい」

徳川家は名目上、織田家とは対等の同盟国なので、互いに陣を異にして戦うのが常である。

「分かりました。浅井勢は、それがしにお任せ下さい」

胸を張りつつ家康が言うと、信長は珍しい生き物でも見つけたかのような顔をして、家康を見つめている。

何かおかしなことでも言ったかと思い、居並ぶ諸将を見回したが、皆、不審そうな顔で信長を見ているだけである。

「三河殿、勘違いしてもらっては困る」

「えっ」

「三河殿には、朝倉勢の相手をしてもらう」

家康は、信長が聞き違いをしていると思った。

「今の柴田殿のお話では、浅井勢は五千、朝倉勢は八千かと」

「ああ、そうだが」

家康の背に冷や汗が伝う。

――この男は算術もできぬのか。いや、そうではない。

それでも家康は、口端に引きつった笑みを浮かべて言った。

「岐阜殿の兵は一万五千もおりますが、われらは五千しかおりませぬ」

「うむ」

「ということは、われら五千で、八千の朝倉勢に向かえと仰せか」

「ああ、そういうことになるな」

――この男は虚けか。

家康は笑い出したくなった。助けを求めるように織田家の諸将を見回したが、もちろん誰も助け船を出す者はいない。あの秀吉でさえ、素知らぬ顔をして視線を落としている。

家康の期待を裏切るように、信長は断じた。

「万が一、われらが押し切られれば、わしは竜ヶ鼻に上り、籠城戦に転じる。その間に、長比城や佐和山城から後詰勢を繰り出させる。つまり、わしが西の朝倉勢を相手にすれば、竜ヶ鼻までは距離があり、その間に捕捉される恐れがある。それゆえ、わしは東の浅井勢を相手にする」

諸将は、さも当然のごとくうなずいている。

それを見た家康は、怒りを通り越して笑い出したくなった。

――これほど馬鹿な話があってたまるか。

「三河殿、よろしいな」

信長が、高圧的な口調で念押ししてきた。

――どこの馬鹿が、五千の兵で八千の兵と野戦するのだ。いかにも信長は勝つはずだ。浅井勢の四倍も兵力があるのだから当たり前だ。しかし、われらはどうなる。

おそらく信長は、家康が朝倉勢を押さえている間に浅井勢を破り、一気に勝ち戦に持ち込むつもりなのだ。

しかしそうなれば、たとえ織田方が勝ったとしても、徳川勢は大打撃をこうむり、下手をすれば家康は討ち取られる。

――「嫌だ」と言えばよいだけではないか。

心中にいる別の自分が、そう囁く。

しかし、信長をはじめとした諸将の視線が己に集まっているのに気づくと、とても「嫌だ」とは言えない。

――わしは何と弱き男なのだ。

弱き者は強き者に逆らえず、持たざる者は持つ者に従うしかない。それが戦国の掟なのだ。

それに逆らえば、待っているのは滅亡の二文字だけである。

「お引き受けいたしました」

肺腑を搾り出すような声で、家康が言った。

「さすが三河殿」と言うや、信長が立ち上がった。

「よし、軍議はこれまでだ。明日は全力で敵に当たろう」

それだけ言い残すと、信長は軍議の場を後にした。

一切、表情を変えず、家康はそれを見送った。

――ふふふふ。

しかし心中では、あまりにみじめな己を笑っていた。

――かような馬鹿者がいようか。

茫然とする家康に気の毒そうな視線を投げつつ、織田家の諸将はその場から去っていった。

もはや秀吉さえ声をかけてくれない。何と言っても、家康は明日にも死ぬ身なのだ。たとえ命を長らえたとしても、虎の子の将兵を失い、無力となって信長の家臣以下の地位に落とされる身なのだ。

――そんな者に声をかけても、何の益もないということだ。

己の陣に戻った家康がこのことを告げると、案の定、幕僚たちは聞き違いかと疑い、幾度も家康に確認した。しかし、それが事実と知るや怒り狂い、「すぐに陣払いいたしましょう」と言い出した。

ところが意外にも、それを止めたのは本多重次だった。

「殿、これでよいのです。明日は三河武士の意地を見せましょうぞ」

もはや、それ以外に取るべき道はなかった。

翌二十八日、薄明の中、敵が渡河してきた。

徳川勢は、開き直ったように敵を迎え撃った。ところが朝倉勢は意外にもろく、突破が困難と知るや、さっさと対岸に引いていく。それを本多忠勝(ただかつ)勢や石川数正勢が追撃していった。

——まさか、わしは勝っておるのか。なぜだ。

勝山に本陣を据えた家康は、眼下で繰り広げられる光景が、現のものとは思えなかった。

その時、家康と共に中軍にいた重次が馬を寄せてきた。

「殿、もうお分かりか」

「何をだ」

「あれをご覧になられよ」

重次の指し示す東方を見ると、意外にも織田勢が苦戦している。信じ難いことに、浅井勢の先手は、渡河を終わり、織田勢の切り崩しにかかっている。

互いに二手に分かれた戦いは、全く異なる様相を呈していた。

「どういうことだ」

「朝倉勢は手伝い戦で、ここまで来ております。それに対して浅井勢は、ここで負ければ滅亡は必然。兵の末端に至るまで必死で戦います」

「どうやら、そのようだな」

「この戦は、朝倉勢に何も言えぬ浅井殿と、殿に何でも命じられる織田殿の違いが出たのです。つまり勝敗は、手伝い戦に来ている兵の士気で決まったというわけです」

——そういうことか。

浅井家より優位に立つ朝倉家が、浅井家を救うために必死で戦うはずがない。それとは逆に、徳川家より優位に立つ織田家のために、家康は必死で戦わねばならない。

「戦とは、そういうものなのだな」

「はい、戦とは算術とは違います」

——わしは愚かだった。

信長はそれを知っていたがゆえに、家康を朝倉勢にぶつけ、必死の浅井勢を己が引き受けたのだ。

その時、後陣に回っていた酒井忠次が駆けつけてきた。

「殿、このままでは、織田勢に利はありませぬ。横槍を入れましょう」

「よし、酒井・大久保・榊原勢は織田勢を助けよ」

「承知いたした！」

そう言うや忠次が、東に向かうよう軍配を振った。これにより、徳川勢主力が東に向かって移動を始めた。

「殿、これで勝ち戦ですな」

重次が確信を持って言った。

「ああ」

それでも喜びは込み上げて来ず、ただ家康は茫然としていた。

「しかも殿は、織田殿を救ったことになります」

「それはそうだが――」

「これは大きな貸しですぞ」

しかし借りを借りと思わないのが、信長という男である。

「さて、それではそれがしは、平八（本多忠勝）や与七郎を引かせに行きます」

「ああ、そうしてくれ」

姉川を渡河し、敵を追撃していった本多忠勝と石川数正を引かせるべく、重次が川を渡っていった。

――いや、待てよ。

その時、家康の脳裏に閃くものがあった。

――かの男は、こうした展開になると分かっておったのではないか。

つまり信長は、当初から浅井勢に押されるふりをして渡河させるつもりでいた。浅井勢が渡河したところを徳川勢に横撃させれば、渡河を阻止する戦いよりも、浅井勢に大きな打撃を与えられる。

——かの男は、そこまで考えていたに違いない。

勝ち戦にもかかわらず、家康の胸中は複雑だった。


姉川の戦いは、織田・徳川連合軍の圧勝で終わった。

勝利が確定した後、竜ヶ鼻の本陣に伺候した家康に、信長は「大儀」と言っただけだったが、その顔には、「わが真意が、ようやく分かったか」と書かれていた。

あらゆる面で己を上回る信長に、家康は、己の凡庸さを思い知らされるばかりである。

この後、本願寺と手を組んだ浅井・朝倉軍はしぶとく抵抗するが、天正元年（一五七三）八月、朝倉義景を追撃して越前に乱入した信長は、朝倉家を滅ぼすと、返す刀で小谷城を囲み、九月、浅井長政を自刃に追い込んだ。

これにより浅井・朝倉両家は滅び、越前・近江両国が信長のものとなった。

そして翌天正二年（一五七四）正月朔日、信長と家康は、薄濃とされた浅井長政と朝倉義景の頭蓋骨で酒を飲むことになる。

すでに佐鳴湖の西に日は沈み、わずかに夜空と山々の区別がつくだけである。

空には無数の星が瞬き、その明るさを競っている。

その中には燦然(さんぜん)と輝くものもあれば、遠慮がちに鈍い光を発するものもある。鈍い光を放つものたちは、誰にも目を止められず、光り輝く星の引き立て役に甘んじるだけである。

言うまでもなく家康は、己が引き立て役の星であると知っていた。

家康は、雪斎が言った言葉を思い出してもいた。

「唐国(からくに)の学者の話では、明るく輝く星の命は短い。しかし鈍く輝く星は、いつまでも天空にとどまっているという」

そして雪斎は、「目立たぬよう、鈍く輝いていろ」と付け加えた。

むろん家康は、輝きたくとも輝けない己をよく知っている。

「金ヶ崎と姉川か」

信長の盃が空になっているのに気づいた家康は、慌てて諸口を持つと、酒をなみなみと注いだ。

「薄濃で飲んだ酒は、実にうまかった。のう、三河殿」

「はっ、はい」

おそらく家康の顔色が変わったのだろう。片膝を立てた信長は、早くも空になった盃を振りつつ、からからと笑った。

「手伝い戦に来た貴殿を、わしが本気で殿軍にすると思うたか」

「ああ、いや」

——あのような窮地においても、この男は、わしを試したのだ。

危機に瀕した時、誰が頼りになるかを見極めることは、将にとって重要である。それが、次の危機においての判断材料となるからだ。

「金ヶ崎はまだしも、姉川での貴殿の顔といったら、こちらが気の毒に思うくらいだったぞ」

「将として、恥ずかしい限りです」

「敵の立場や戦意を見極めずに、わしが貴殿を朝倉勢に振り向けたと思うたか」

「あっ、いえ」

家康が恥じ入るようにうつむく。

「わしには戦の成り行きが見えていた。敵が八千と知った貴殿は、死に物狂いで戦う。しかし朝倉方は、手伝い戦で士気が上がっておらぬ。それゆえ緒戦から貴殿が敵を押しまくると、わしは見ていた。それゆえわれらは、ひるんだふりをして敵を渡河させることにした。さすれば余裕のできた貴殿は、必ず横槍を入れる」

信長が空になった盃を、ことりと音を立てて置いた。

黄金の盃に反射した篝火の光が、家康の目を射る。

「わしは、敵の渡河を阻止するだけの下らぬ戦をするつもりはなかった。それで勝っても、彼我の状況は、さして変わらぬ」

盃の輝き以上に、信長の瞳が強い光を放った。それに射られた家康は、金縛り（かなしば）にあったように身動きが取れない。

「ここが切所と思うたがゆえ、わしは無二（むに）の一戦に敵を誘い込みたかった」

信長は、その場その場の状況変化に応じて動いているわけではなかった。高所から彼我の状況を見極め、ここが勝負どころと断じていたのだ。

「恐れ入りました」

家康は心の底から、眼前にいる男を畏怖した。

「貴殿は、わしの言う通りにしておればよい。さすれば、多くの作物（なりもの）を得られる」

「はっ」

今の家康は、その言葉に従うしかない。

漬物石の重さは、支えきれないほどになっていた。

第二章　獅子身中の虫（ししんちゅうのむし）

一

天正十年（一五八二）四月、浜松を後にした信長は十九日に清洲、二十日に岐阜を経て、二十一日、安土に帰り着いた。

一方、浜松でいったん信長と別れた家康は、五月八日、浜松を発ち、信長の待つ安土へと向かった。

表向きは、武田家を滅ぼしたことの恩賞として駿河国を拝領したことに対する、お礼言上の安土訪問だが、実際には、完成したばかりの安土城を家康に見せたいという信長の招きに応じたものである。

「その必要はなし」「病と言って断られよ」などと言う家臣たちを押しきり、家康は、この招きに応じた。

応じなければ、信長との間に隙間風が吹き、それがいつしか、疑心暗鬼に変わることにもなりかねないからである。

家康は、酒井忠次、石川数正、本多重次、本多忠勝、榊原康政らと、新たに傘下入りした武田家旧臣の穴山信君を引き連れ、安土に向かった。

沙沙貴神社の手前の隘路を抜けた辺りから、安土城の天主が、はっきりと見えてくる。

その精緻な構造物は、神に挑むがごとく蒼天に屹立していた。

それを見た一行の間から、感嘆のため息が漏れる。むろん家康も息をのんだ。

信長自身の口から事前に聞いていたとはいえ、その極彩色に彩られた壮麗な天主は、想像をはるかに超えていた。

それは、いかなる城の大櫓とも異なる、強いて言えば寺院の堂を重ねたようなものだった。

近づくに従い、その全容が明らかになってきた。

家康は自ら縄を引かないまでも、常の武将より、城や船の構造に造詣がある。

自らの命を預ける物の構造を知らずして、いざという時に命など守れないというのが、家康の持論だからである。

――三層の大入母屋に方形の小屋段を作り、その上に八角形の層を築き、さらに最上段に金箔を張った方形の堂を載せたのだな。

法隆寺の夢殿を思わせる八角形の層が、その上に載る金堂を支えていた。それは、見た目の華麗さと、見えない部分の強靭さを併せ持つ類稀な構造物だった。

「ふん、大したものではない」

家康のすぐ後ろを進む本多重次がうそぶく。

〝鬼作左〟の異名を持つ本多重次は、享禄二年（一五二九）の生まれなので、この時、五十四歳になる。家康より十三歳も年上である。槍働きも人後に落ちないが、その得意は行政で、天野康景、高力清長と共に三河三奉行の一人として、家康の領国統治を支えていた。

その厳格で公明正大な人柄を、家康は高く評価していたが、苦言を呈することにかけては酒井忠次や石川数正を凌ぐものがあり、それには、いつも閉口させられていた。

いかにも負けず嫌いな重次らしい言葉に、家康は苦笑したが、さらに城に近づくことで天主以外の建造物も明らかになり、家康の心は次第に沈んでいった。

惣構大手口に着くと、饗応役の明智光秀と先行させていた忠次と数正が待っていた。

光秀は三顧の礼で家康を迎え、安土城下にある大宝坊へと案内した。

大宝坊は寺院だが、安土に来客があった場合の宿坊として初めから設計されており、常の寺院に比べて敷地が広く、僧房の数も多い。

服部半蔵とその配下を大宝坊の諸所に配した家康は、ようやく人心地ついた。

信長との面談は十七日に予定されているので、この日と翌日は、ゆっくり休める。

夕餉が済み、しばし家臣たちと歓談した後、家康は「疲れたので先に床に就く」と言って座を払った。

小姓の持つ手燭で足元を照らさせ、庭園沿いの長廊を歩いていると、漆黒の闇の中から、「殿」と呼ぶ声が聞こえた。

「半蔵か」

半蔵と呼ばれた影は音もなく近づくと、庭先に拝跪した。

「今のところ、周囲に何の気配もありませぬ」

「大儀」

——気配があったところで、どうにもならぬのだがな。

家康は心中、自嘲した。

信長の手勢に包囲されてしまえば、手の施しようがないのも事実である。それゆえ家康は、半蔵らに周囲を警戒させることさえ不要だと思った。しかし、それを家臣らに告げると、重次に「何を勘違いしておられる。半蔵らを連れてきたのは、殿が切腹するまでの時を稼ぐためでござるぞ」と反論され、不愉快ながらも、それに従うことにした。

家康が再び寝所に足を向けると、後を追ってくる二つの影がある。

「殿、しばしお待ちを」

「与七郎か」

暗がりから石川数正の長い顎が現れた。

「いかがいたした」

「いや、ここにおられる穴山殿が――」

数正の背後に隠れるようにしていた肥満漢が、おずおずと進み出た。

「三河殿、これからお休みのところ、真に申し訳ありませぬ」

信君の顔は真っ青である。

「いかがなされた」

「いや、どうしても確かめておきたいことがありまして」

「分かりました。どうぞこちらへ」

手近の小部屋に穴山信君を招き入れると、家康は自ら手燭の火を行灯に移した。

数正と小姓は、障子を隔てた外に控えている。

「それで、いかがなされましたかな」

「それがし、生きた心地がせぬのです」

確かに信君は、先ほどの夕餉にもほとんど箸をつけず、丸大根のような頭に冷や汗を浮かべていた。

天文十年（一五四一）、武田家親類衆筆頭の穴山家に生まれた信君は、家康より一つ年上の四十二歳。母は信玄の姉・南松院、正室は信玄の三女・見性院という二重の縁から、信玄の側近中の側近だった。

永禄四年（一五六一）の第四次川中島合戦に参陣した折、越後新発田勢を打ち破るという武功を挙げて初陣を飾った信君は、信玄が駿河を奪取して後は、金山に代わる軍資金確保のために、舟運による交易を盛んにし、商業面で辣腕を振るった。

しかし信玄死去後、家督を継いだ勝頼との間に不和が生じ、次第に独立傾向を強めていった。そうしたこともあって、武田家滅亡前にいち早く家康に臣従し、信長から旧領を安堵された。

この頃、信君はすでに出家し、梅雪斎不白と名乗っている。

「生きた心地がせぬとは、聞き捨てなりませぬな」

家康は相手の真意を確かめるまで、自らを韜晦する癖がある。そのためこうした場合、探りを入れるような問いを発する。

「三河殿は恐ろしくありませぬか」

「恐ろしい、と仰せになられると」

「右府様でござるよ」

「それは恐ろしいこと、この上ありませぬ」

「それではどうして、かように落ち着いていられるのか」

——決まっておるではないか。もうここまで来てしまえば、慌てたところでどうにもならぬからだ。

信長が家康を殺そうと思えば、安土城の兵を差し向けるだけであり、赤子の手をひねるよりもたやすい。

だが天下人ともあろう男が、何の理由もなく忠実な同盟者を殺すことができないのも、また事実である。

もしそれをしてしまえば、信長の信用は失墜し、今後、計策や調略で敵を寝返らせることは、ままならなくなる。四囲の敵は一枚岩となり、信長に対して死に物狂いの抵抗を示すに違いない。

それだけならまだしも、すでに傘下入りしている諸国人の間で疑心暗鬼が生じ、離反の動きが出てくることも考えられる。

それゆえ家康は、信長の招きに応じて安土を訪れることにした。もしも病などを理由に信長の誘いを断れば、双方の間に気まずい雰囲気が生じ、いずれ難癖をつけられて攻められる公算が高い。

その結果は、戦わずとも明らかである。

致し方なく家康は、こうした背景を信君に語った。

「という次第で、ご心配には及ばぬかと」

信君の顔には、多少なりとも落ち着きが戻った。

「右府様が三河殿の仰せの通りの御仁であれば、何の心配も要らぬのですが」

「安土におる限り、国元にいるよりも、われらの身は安泰なのです」

「仰せの通りやもしれませぬな」

ようやく安堵した信君は、一礼すると座を払い、自らの宿坊に引き揚げていった。

——この小心者め。

自らのことを棚に上げ、家康は、信君の肝の細さを嘲笑った。

長い顎に手をやりながら、数正が感慨深げに呟いた。

「あれが、かの大武田家を支えた一人なのですな」

「うむ。人とは、立場によって大きくもなれば小さくもなる」

かつて雪斎から教えられたことを、家康は口にした。

——衆の中にいれば強いように見えても、一人になってしまえば、しょせん人とは弱き者なのだ。

家康は、三方ヶ原での武田勢の恐ろしさを、昨日のことのように思い出していた。

二

元亀三年（一五七二）十月、武田信玄が西上作戦を開始した。

そこに至るまでには、様々な経緯があった。

桶狭間合戦から八年後の永禄十一年（一五六八）十二月、すでに三河一国を制していた家康は、信玄と秘密裏に手を握り、今川領遠江への侵攻を開始する。一方の信玄は、駿河制圧に動き出した。

家康と信玄が手を組んだことを除けば、太原雪斎の危惧は、見事に的中したことになる。

武田勢によって駿府周辺を席巻された今川氏真は、いったん遠江懸川城に逃れ、そこで家康と干戈を交えるが、結局、助命を条件に降伏、岳父の北条氏康を頼り、相州小田原に落ちていった。

これにより、東海五ヵ国に覇を唱えた今川家は滅亡した。

示し合わせて今川領に侵攻した徳川・武田両家だったが、永禄十二年に武田・織田両家の同盟が破綻すると、武田家は織田家に従属する徳川家とも敵対関係になる。

北条家との間に甲相同盟が締結されたことにより、後顧の憂いのなくなった信玄は、いよいよ信長と雌雄を決すべく、その本拠の岐阜を目指した。

元亀三年十月、信玄は甲斐府中を出陣した。その総兵力は二万五千。

十一月十九日、武田軍は浜松城の北東五里にある二俣城を攻撃し、これを二月かけて攻略した。

この間、家康が何もしなかったわけではない。家康は二俣城へ後詰勢を送り、背後から武田勢を脅かし続けた。そのかいもあり、武田勢は城攻めに集中できず、二万五千の兵力で、山間の小城を落とすのに二月もかかった。

家康は、信玄の貴重な時間を費消させることに成功した。しかし結局、二俣城は落ち、信玄の西上を押しとどめることはできなかった。

二十二日、午の上刻（午後十二時頃）、信玄の鋭鋒は浜松城に向く。

それを迎え撃つ徳川勢は一万一千。

内訳は家康の手勢八千と、信長が援軍として派遣してきた平手汎秀、佐久間信盛、水野信元らに率いられた三千の織田勢である。

いかに敵が多くとも、要害として名高い浜松城に立て籠れば、信長の突きつけてきた「時を稼げ」という要請には応えられる。

信長は、家康に時間を稼がせている間に畿内の兵を岐阜城に集め、信玄を迎え撃とうというのだ。

平手汎秀をはじめとした織田家の援将たちは、浜松城に到着するや、信長の命として、城の西北半里弱にある犀ヶ崖で敵を押しとどめ、敵に痛手を負わせてから籠城戦に移るよう指示してきた。

犀ヶ崖には、幅二十間ほどの深い谷が東西半里にわたって走っており、浜松城の前衛陣地の役割を果たしていた。家康も犀ヶ崖に虎落や鹿垣を築き、砦化していた。

浜松城に着くやいなや、平手らは、すぐに犀ヶ崖に向かうと言い出した。

それを聞いた家康は自ら出向くと申し出て、織田勢には城の守備を託した。

援軍に対する礼儀としては当然のことである。

ところが信玄は、信長や家康の思惑通りに動くことはなかった。

同日、午の下刻（午後一時頃）、浜松城の西北半里弱にある犀ヶ崖に陣を布いた徳川勢の軍議は、緊迫の度合いを深めていた。というのも犀ヶ崖の一里ほど北方の有玉で、信玄率いる武田勢が突然、北西に進路を変え、欠下から三方ヶ原台地に上ってきたからである。

家康の思惑は、物の見事に外れた。

「何、信玄坊主が、欠下から三方ヶ原台地に上ったと申すか」

物見の報告を聞いた家康の手から軍配が落ちた。

「信玄は攻めて来ぬのか」

戸惑いと喜びが同時に押し寄せてきた。しかしそれは、次の瞬間、不安に変容していった。

——何か考えがあるのだ。

信玄が、深い考えなしに動くことはない。

「ここは浜松の城に籠り、やりすごすが上策！」

石川数正が盾机を叩く。

「そんなことができるか」

数正の案を、本多重次が即座に否定した。

「信長が後詰勢を送ってきたということは、信玄坊主を引き付け、時を稼ぐだけではなく、『少しでも武田方に損害を与えよ』ということだ。それを無視して城に籠れば、信玄を無傷で岐阜に向かわせることになり、信長の怒りを買う」

家康もそう思った。

このまま指をくわえて武田勢を通し、信長が岐阜辺りで敗れでもしたら、後で責を追及されるのは家康である。

「つまりそなたは、形だけでも兵を出すべきと申すか」

家康が重次に問うた。

「いかにも。ただし、その出し方が難しい。戦うか戦わぬか肚が据わっておらねば、押し出したところで、手痛い目に遭いましょう。ここは全力で追い落としに掛かるべし」

「とは申してもな――」

　家康が大きなため息をつくと、その顔色をうかがっていた数正が、「得たり」とばかりに反論した。

「作左殿、建て前だけで物を申されては困る。織田家の兵三千を加えても、われらはせいぜい一万。ところが信玄は二万五千の大軍を率いておる。この大敵を相手に野戦などしても、勝てるはずがない」

「戦は算術ではない。そなたにできぬからといって、人も同じだと思うな」

「何！」

　数正と重次が、憎悪をむき出しにしてにらみ合った。

　互いに憎み合っているのかと思えるほど仲の悪い徳川家中においても、この二人の仲は、とくに悪い。

「よろしいか」

　二人を分けるように、酒井忠次が発言を求めた。

「殿、やはりここは、けつをまくってしまわれよ」

「けつをまくれ、だと」

「いかにも」

「どういうことだ」

「この戦、まずは織田殿に勝ち目なし」

忠次の言葉に、数正をはじめとした何人かが首肯した。

「とは申しても、ここでけつをまくるのは、信義に悖ることではないか」

「それでは殿は、織田殿のために信玄坊主に全力で当たり、臣下ともども屍を野辺に晒すと仰せか」

「いや、そこまでは申しておらぬが」

「よろしいか。甲州兵の強さは、われら骨身に染みて知っておるはず。その甲州兵が、信玄に率いられておるのですぞ。織田殿とて勝てる見込みはありますまい」

――いかさま、な。

己の小心に打ち勝つことは、死を意味することであると、この時、家康は覚った。

――小心であるからこそ、生き残れるのだ。

今度は、数正が熱弁を振るった。

「籠城策を取ったと言えば、戦後、織田殿には、いかようにも申し開きできます。万が一、織田殿が滅べば、信玄には道を譲った形になるので、必ずや許されましょう」

「しかし、平手をはじめとする織田の者どもをどうする」

「いったん浜松の城に抑留し、信玄が勝てば殺し、信長が勝てば膝を屈して許しを請うほかありませぬ」

——此奴の考えることは、やはりその程度のことか。

家康がげっそりした頰に手をやり、考えに沈んだ。

——このまま信玄に向かうのは、いかにも愚者のすることだ。しかし籠城戦を行おうとしていたら、突然、信玄が進路を変えて西に向かったとすれば、言い訳にはなる。それで行くか。

家康が口を開こうとした時である。

「わしは嫌だ！」

それまで黙っていた本多忠勝が突然、喚き声を上げた。

天文十七年（一五四八）生まれの本多忠勝は、この時、二十五歳。家康とは六歳、忠次とは二十一歳も違う。

「皆様方は、殿の顔に泥を塗ろうというおつもりか」

「何を申すか。滅ぶよりましではないか。生きておれば、名声などいくらでも取り戻せる」

忠次が諭すように言った。

「それなら、わしは滅ぶ方がましだ」

「勝手なことを申しおって！」

二人がにらみ合った。

忠勝は、相手が忠次でも物怖じしない。

「静まれ！」

たまらず家康が怒声を発した。

「わしは——」

家臣たちを見回すと、皆、それぞれの願いを託すように家康を見つめていた。

——常の武将であれば、ここで勇壮な言葉の一つでも吐き、配下と心を一にして敵に向かうのであろう。

それこそが武士の誉れであり、武士としての存在証明である。

後世に編まれるはずの軍記物でも、臆病で小心なその実像とかけ離れた勇猛な武将として、家康は比類なき武名を残すことになるのだ。

しかも今ならば、将兵の意気は天を突くばかりであり、上下心を一つにして敵に当たれば、万が一でも勝てる可能性がある。

その時、家康の脳裏に、太原雪斎の言葉がよみがえった。

「竹千代、切所を見極め、悔いなく生きろ」

――ここが切所なのか。わしの桶狭間はここなのか。

それは、あまりに危険だが魅力的な誘惑である。

――しかし、凡庸なわしに桶狭間ができるのか。できはしまい。

家康の口から出たのは、勇壮とはほど遠い言葉だった。

「城に戻る」

「何と――」

忠勝が天を仰いだ。

「先のことは分からぬ。わしは今、生き残る道を選ぶ」

その一言で方針は決まった。

撤収の支度が慌しく始まった。兵の顔に生気が戻り、皆、嬉々として働いている。

先ほどまで満ち満ちていた決死の覚悟は、すでに兵の顔から雲散霧消している。

家康は、その光景を苦々しい思いで見つめていた。

信長が勝ち残れば、信玄を無傷で見送った家康に鉄槌を下すことは目に見えており、信玄が勝っても、明確に味方をしなかった家康を許すはずがない。長年にわたって敵対していた信玄に臣下の礼を取るつもりなら、平手らの首を土産に、浜松城を献上するくらいでなければ許されない。数正の見通しなど全く甘いのだ。

──しかしわしは、目先のことだけを考えておるのではないか。

家康は常に目先のことで右往左往し、その場その場で妥当と思われる落としどころを探していたような気がする。

少年の頃、雪斎から学んだ『孫子』の一節が浮かんだ。

──「人を致して、人に致されず」か。

物事は一定ではなく、常に流動的である。その動きに惑わされ、決定したことを次々と覆していると、結局、後手に回る。

「竹千代、戦とは泰然自若として動かぬ者が、常に主導権を握るのだ」

雪斎の言葉が、腹底に響いた。

「殿、支度が整いました。ささ、お早く」

芝居じみた仕草で家康の背を押そうとする数正の手を払いのけた家康は、いかにも不機嫌そうに馬に乗った。

──果たして、これでよかったのか。

その思いが、脳裏に幾度も去来した。

三

浜松城を目前にして隊列が止まった。何事かと前方を見やると、ざわつく兵の間をかき分け、忠次が走り寄ってきた。

「何かあったのか」

忠次の険しい顔つきを見た家康は、すぐに新たな厄介事が発生したと察した。

「それが殿、真に奇妙なのですが、城門は閉ざされ、いくら呼びかけても開かれませぬ」

「何を申すか。あれは、わしの城だぞ」

家康には、すぐに事情がのみ込めない。

「つまり、われらは締め出されたようなのです」

「締め出されただと。いったい誰に——」

そこまで言ったところで、家康の頰が引きつった。

「まさか」

「そうなのです。平手や佐久間が——」

「しまった！」

家康は己の愚かさを思い知った。

「落ち着かれよ。何かの手違いやもしれませぬ」

そこに重次がやってきた。

「どうやら手違いではなさそうです。このような矢文が射られてきました」

震える手で矢文を開くと、平手汎秀の名があり、「敵に追いすがり、一戦交えられよ」と書かれていた。

——何ということだ。

家康は己の城から締め出され、追い立てられるように信玄と戦わねばならなくなった。

これで平手らが、犀ヶ崖に陣を布くと言った理由も分かった。

家康の尻を叩いて信玄に掛からせるには、織田勢が犀ヶ崖に陣を布くと言うだけでよい。その言葉に恐懼した家康が、自ら「先手を仕る」と言って、犀ヶ崖に陣を布くのは当然の礼儀だからである。

信長の罠にかかったことを、家康はようやく覚った。

「そなたは凡庸であった」

太原雪斎の言葉が耳朶を駆けめぐる。

――いかにも、わしは愚かだ。

緊密な同盟関係にある織田家とはいえ、手伝い戦で来ている者たちに城を預ける馬鹿が、どこにいようか。

家康は、誰もいなかったら己の頬を張っていたに違いない。

一方、家康に戦わせたい平手らとしては、戦わずに戻ってきた家康を城に入れず、「戦ってこい」と命じるのは、当然と言えば当然の措置である。

むろん武田勢を相手に野戦をすることが、いかに危険か、平手や佐久間に分かっているとは思えない。

――彼奴らは、信玄の恐ろしさを知らぬのだ。

「殿、どうなされるおつもりか」

常と変わらぬぶっきらぼうな口調で、重次が決断を促した。

「信玄に向かわずば、殿は己の城に籠る織田勢と戦わねばなりませぬぞ」

「そんなことは分かっておる」

「古今東西、敵に背を向け、己の城に仕寄る将など聞いたことがありませぬ。尤も信玄に泣きつけば、手を貸してくれぬとも限りませぬが」

武田勢と共に浜松城を攻める己の姿を想像し、家康は情けなくなった。

茫然とする家康に、忠次が口惜しげに言った。

「信長という男は、奥三河の泥田を這い回っていたわれらには及びもつかぬほど、悪知恵が回るのですな」

家康が嘆息しつつ問うた。

「つまり信長は、われらを救うためでなく、われらを戦に駆り立てるために、後詰勢を送ってきたというのだな」

「信長は、信玄が浜松の城攻めで時を費すはずがないと、初めから踏んでいたのです。しかしそうなれば、われらは城に籠ると読んだ。われらが城に籠れば、信玄は無傷で岐阜に至る。それで、どうすればわれらが信玄と戦うかを考えたわけです」

忠次が、憎悪をむき出しにして続けた。

「すなわち平手らは味方ではなく、われらのけつを叩く〝駆り武者〟だったのです。しかも、われらはそれを見抜けず、何の不審も抱かず、城を明け渡すという愚を犯しました」

〝駆り武者〟とは、源平の頃は諸国から駆り集めた武者たちを意味したが、この頃には、先手に押し立てた傘下国衆を前線に駆り立てる直臣団を意味した。

――わしは呆れるほど愚かだ。

その馬鹿さ加減は、自分でも感心するほどである。

重次が憤然として言った。

「殿、事ここに至れば、何を言っても始まりませぬ。己の城を攻めたくなければ、武田勢に向かうしかありませぬ」

武田・織田双方から白刃を突きつけられた格好の家康は、どちらかと戦わねばならない状況に追い込まれていた。

――こんな不様な将がいようか。しかし、何があっても耐えねばならぬ。弱き者は、そうするしかないのだ。

家康は幾度も己に言い聞かせた。

未の下刻（午後三時頃）、徳川勢の追跡が始まった。

及び腰で三方ヶ原台地に上ると、その背後から、城を出た織田勢が尻をつつくように続いてくる。

――彼奴らも、戦うよう信長から命じられておるのだ。

平手らも、しょせん信長の走狗にすぎず、家康同様、信玄と戦わねばならない立場なのだ。

織田勢三千が共に戦うつもりでいることを知り、家康は少し安堵したが、問題は士気である。

いったん弛緩した兵たちの心を、元の張り詰めた状態に戻すのは容易でない。士気が低下した今の状態で敵に挑めば、敗れることは目に見えている。

家康は、武田勢がすでに西に去っていることを、ひたすら祈った。

台地上を通過する街道の分岐点にあたる追分まで来ると、浜名湖方面から吹いてくる北西風が強くなった。それは氷雨を伴い、徳川勢を容赦なく叩いた。

この時代の三方ヶ原台地は、水利が悪いため土地が涸れ、畑一つない荒蕪地が茫漠と広がっているだけだった。それゆえ、風を遮るものは何一つない。

——信玄は、まさか待っておるまい。

それが希望的観測なのは、家康にも分かっている。しかしこんな平原で、信玄と野戦するなどという馬鹿が、東国にいないことも確かである。

その時、前方から酒井忠次が馬を寄せてきた。

「どうやら敵は、祝田の坂から台地を下る模様。敵が坂を下り始めた時に掛かれば、勝機を見出せます」

「敵は背後にも気を配っておるはず。われらの動きを知る信玄が、『はい、どうぞ』とばかりに尻を見せるはずがあるまい」

「信玄は先を急ぎたいはず。それゆえ敵の後備(うしろぞなえ)に一当(ひとあ)たりし、形ばかりの勝ち戦とすれば、織田殿にも、申し開きができるのではありませぬか」

「いかさま、な」

忠次の言は尤もに聞こえる。しかし信玄のことである。家康たちの浅知恵など及ばぬ策を考えているに違いない。

家康の不安を煽るように、浜名湖方面から吹き付ける風が激しくなり、松の古木の枝をちぎらんばかりに震わせている。

――どうすべきか。

唇の乾きは、何度舐めても収まらない。

水を飲もうと腰に付けた竹筒を外そうとするが、手が震えてうまくいかない。それを見かねた小姓の一人が、結んである紐(ひも)を解き、竹筒を家康に渡した。

喉を通る水は適度に冷えており、些少(さしょう)なりとも家康に落ち着きを取り戻させた。

家康をなじるように、忠次が問う。

「殿、いかがいたしますか」

「待て」

眉根（まゆね）を寄せて考え込む家康の許に、先手を務めていた本多重次が戻ってきた。

その険しい顔を見たとたん、家康の心に黒雲（くろくも）のような不安が広がる。

「殿、信玄坊主は――」

一瞬、間を置いた後、重次が思い切るように言った。

「祝田の坂の手前で全軍を反転させ、魚鱗（ぎょりん）の陣で、われらを待ち受けております」

「何だと」

家康と忠次が啞然（あぜん）として顔を見合わせる。

「殿、ひとまず全軍を止めましょう」

「分かった。そうせい」

旗が上がると隊列が止まった。続いて使番（つかいばん）が四方に走り、諸将を呼び集めてきた。

瞬く間に陣幕（じんまく）が張られ、盾机が並べられる。

「いかがなされた」

後方から、平手汎秀や佐久間信盛らも馬を走らせてきた。

汎秀は、信長の傅役（もりやく）だった平手政秀（まさひで）の孫にあたる信長股肱（ここう）の臣である。

烈風に舞う陣幕を自ら引き上げ、平手らを招き入れると、家康は事情を説明した。

「しかし徳川殿、ここまで来て、敵に掛からぬというのはどうですかな」

汎秀が、いかにも不機嫌そうに言った。

「城の前を敵に通過され、むざむざ見逃したとあらば、徳川殿の武名に傷がつくのではありますまいか」

信盛も皮肉交じりに言う。

汎秀らは、徳川勢が潰えても構わぬから武田勢に損害を与えるよう、信長から言い含められているのだ。

「とは申しても敵は大軍。しかも風を背にしております」

石川数正が反駁した。

「それでは、兵を引くと申されるか」

信盛が、そのよく肥えた頬を震わせた。

「ここで少しでも退き陣のそぶりを見せれば、武田勢は、先を争って押し寄せてくるでしょうな」

汎秀が脅すように言う。

確かに、敵が退勢に陥った時の甲州兵は、無類の強さを発揮する。

信玄は、功を挙げた者に手づかみで甲州金を分け与えるからである。

その場で陣羽織や脇差をもらっても、売り払うことはできない。大功を挙げて所領をもらったところで、すぐに収入には結び付かない。

ところが甲州金は違う。

兵は、換金性の高い金を最も欲する。すぐに酒や女にありつけるからである。そうした心理を知り尽くしている信玄は、最も士気が上がる褒美、すなわち金を四斗樽に入れて、戦場に運んできていた。

むろんそれは、金が豊富に産出する甲斐と駿河を押さえているからこそ、できることである。

家康の脳裏に、凄惨な殺戮戦の図が浮かんだ。

「殿、いかがなされるおつもりか」

皆の視線が家康に集まる。

「ひとまず鶴翼に陣を布き、様子を見よう」

「鶴翼と申されるか」

重次が天を仰いだ。

「敵の半数にも満たぬわれらが、魚鱗の陣を布く敵に対して鶴翼の陣を布くなど、古来、聞いた例がござらぬ」

「そんなことは分かっておる」

――進むことも引くことも叶わぬなら、せめて大きく構え、敵を威嚇するしかないであろう。

小動物は生命の危機に瀕すると、胸を膨らませたり、後ろ足だけで立ち上がったりして、敵よりも体が大きいことを示そうとする。むろんそんなことが、獰猛な敵に通じるはずがないことは、小動物にも分かっている。

――それでも弱き者は、そうするしかないのだ。

烈風吹きすさぶ中、家康は泣き出したい心境だった。

――この天候では、敵とて、われらの兵力を正確には把握できぬはず。織田の後詰が、一万ほども来ていると思っているやもしれぬ。となれば慎重な信玄坊主のこと、夜陰に紛れて祝田の坂を下りてくれるやもしれぬ。

それが家康唯一の勝算だった。

鶴翼に陣形を布いた徳川勢に、氷雨を伴った北西風が容赦なく吹き付けてきた。

家康は何事もなく時が経つことを、ひたすら祈った。

「使番を走らせ、敵がせせり動いても陣形を崩さぬよう伝えよ」

せせり動くとは、挑発することである。

「すでに半刻前、全軍に伝えております」

傍らに控える近習の一人が、無愛想な顔で答えた。

「いや、徹底するのだ。こうした際、臆しておる者ほど敵の誘いに乗ってしまう。それを防ぐには、方針を噛んで含めるほど伝えねばならぬ」

その時、激しい北西風に乗って、喊声と馬のいななきが聞こえてきた。

――まさか。

床几を蹴倒して立ち上がった家康の耳に、空気を切り裂くような筒音が轟く。

どこかで双方が衝突したのだ。

その時、背旗を翻して使番が駆け込んできた。

「敵の小山田隊が石川隊に突き掛かり、筒合わせが始まりました」

「与七郎は応じたのか」

「はっ」

「応じるなと、あれほど申したのに。馬鹿め！」

家康が軍配を盾机に叩き付けた。

申の上刻（午後四時頃）を回り、三方ヶ原台地に闇が迫りつつあった。

武田勢の中央最前衛に陣を布く小山田信茂隊は、対面する石川数正隊に向かって石礫を投げ始めた。この挑発に石川隊が応じたので、双方の間で筒合わせが始まった。

空気を切り裂くような釣瓶撃ちの轟音が、烈風吹きすさぶ台地に響きわたる。

「見えるか」

前方を眺める重次に声をかけたが、家康本陣は前線と高低差がないため、その動きは摑みようがない。

「戦っておるのは、いまだ小山田隊と石川隊だけのようです。ほかの隊は静まっておりますが、ほどなくして戦端が開かれましょう」

この時、重次とその手勢は、浮勢（遊撃部隊）として家康本陣にいた。

「いかがいたすか」

「かくなる上は、こちらから仕掛けるほかありますまい」

兵力に劣る敵が先に仕掛けてくるのを、押し包むようにして殲滅するのが、鶴翼の陣の基本である。しかし、魚鱗の陣を布く敵の数が味方に勝る場合、一重の陣のどこかが破られた時点で勝負はつく。それを防ぐには、先手を取って乱戦に持ち込むしかない。

「分かった。全軍惣懸りだ」

鉦鼓が激しく叩かれ、法螺貝が高らかに吹かれる。

すでに日は暮れかかり、前線の様子は、さらに分からなくなっていた。

しかし意外にも、次々と駆け込んでくる使番は、味方の優勢を伝えてきた。

「作左、これは押しきれるやもしれぬぞ」

家康の顔に明るさが戻った。

「殿、楽観は禁物。ここは深入りせぬことです」

戦況は徳川勢優位のまま推移していた。石川隊は小山田隊を一町ほど押しまくり、武田方の右翼最前衛を担う山県昌景隊にも襲い掛かっていた。これに続くのは、徳川方の左翼を担う本多忠勝隊、松平家忠隊、小笠原長忠隊である。これらの部隊が一斉に惣懸りしたので、山県隊も三町ほど後退を強いられている。

これを見た徳川方右翼最前衛の酒井忠次隊は、ここを先途と内藤昌秀隊に向かっていった。

誰が見ても、徳川方が優勢である。

「殿、そろそろ手仕舞いとなされよ」

「何を申すか。勝ち戦ではないか」

「殿、魚鱗と鶴翼で戦う際は、敵に相対する面が多く取れる鶴翼が、当初は有利に戦いを進めます。しかし時が経てば、縦深の構えを取る魚鱗が、徐々に挽回してきます。ましてや敵は、こちらより多勢。ほどなくして攻勢に転じましょう」

重次は、「そんなことを知らないのか」と言わんばかりの顔をしている。

――そうであったな。

そうした兵法の基本は、太原雪斎から嚙んで含めるように教えられてきた。

「殿、兵力的に劣るわれらは、鶴翼の陣では押しきれませぬ。陣形を崩さず、退き陣に移るべし。今なら敵はひるんでおり、その追撃は、さほどでもないはず」

「しかし突然、引き太鼓を叩けば、総崩れとなる」

「落ち着いて引けば、総崩れにはなりませぬ。これで織田殿への義理も果たせたはず。ここは、隠忍自重すべきかと」

その時、使番が血相を変えて駆け込んできた。

「申し上げます。敵の二の手を担う馬場隊が、織田勢に中入りしました。これにより、織田勢が裏崩れを起こしました」

「何だと！」

「殿、このままでは、敵中に取り残された小平次（酒井忠次）の隊が潰えますぞ」

右翼最前衛の酒井忠次隊は内藤昌秀隊と戦いつつ、さらに右翼に移動している。その側面をすり抜け、馬場信房隊が織田勢に中入りを仕掛けたのだ。これにより織田勢が裏崩れを起こしたため、酒井隊は敵中に孤立した。

裏崩れとは、味方の第一線部隊が戦っているにもかかわらず、中軍から崩れて潰走が始まることである。

「どうする」

思わず問うたが、重次の顔にも動揺の色が走っている。

「まずは誰かが、小平次を助けに行かねばなりますまい」

「死地に飛び込むのだぞ。誰に行かせるというのだ」

「それがしが参ります」

重次が小姓から兜を受け取った。

「そなたが行くのか」

「ほかに誰がおりますか」

すでに全軍を投入している徳川勢には、本多重次隊以外に前線に回せる部隊はない。

「しかし、そなたと小平次は犬猿の仲ではないか」

兜の緒を締める手を止めた重次が、珍奇な茶器でも見つけたような目で家康を見た。

「かような時に、仲のよい悪いは関係ありませぬ！」

雷鳴のような重次の怒声が、風雨の音をかき消す。

「殿、この戦は、すでに負けでござる。退勢を挽回しようなどと思わず、すみやかに城に引かれよ」

そう言い残すや重次は、敵中に取り残された酒井隊の救援に向かった。

その間にも、前線から逃げ出してきたとおぼしき足軽小者が、家康本陣の前を通り過ぎていく。それを押しとどめようとする者はもはやおらず、本陣にいる小姓や近習さえも、家康が退却の断を下すのを待つかのように、時折、家康の顔を盗み見ている。

もはや、整然とした隊形での退き陣は望むべくもなく、負け戦の被害を最小限にとどめるしかない。それも諸隊が、戦線をどこまで支えられるかにかかっていた。

――要は同じ負けるにしても、いかにうまく負けるかだ。

重次と入れ違うようにして、満身創痍の使番が担ぎ込まれてきた。

「武田勝頼隊が、松平家忠隊と小笠原長忠隊に襲い掛かりました」

両肩を支えられながら、使番が告げた。

「して、石川数正隊と本多忠勝隊はどうした」

「盛り返してきた山県昌景隊と戦っております」

左翼でも中入りが行われていた。それでも松平隊と小笠原隊は、いまだ戦線を支えているようである。

そこに別の使番が飛び込んできた。

「山が動きました!」

遂に信玄が動いた。信玄は、確実に勝利が得られる時以外に本陣を前進させない。

家康の脳裏に「死」の一字がともった。

──わしは死ぬのか。

胸底から恐怖が押し寄せてくる。

ふらふらと立ち上がった家康が、「馬を引け」と命じると、「これで退却できる」とばかりに、陣幕内に安堵の空気が広がった。

それを苦々しく思いながら、家康は勢いよく馬に乗った。

「城に引くぞ」

その声を聞いた近習や馬廻衆が、それぞれの馬を探しに走る。退却というのに皆、どことなく嬉々としている。

――臆病者めが。

己のことを差し置いて、家康は馬の尻に鞭をくれた。

横殴りの風にあおられた雪片が舞い散る中、家康は浜松城目指して落ちていった。

四

われに返った家康は能舞台に視線を移した。

四隅に篝火が焚かれ、昼のように明るい舞台で舞うのは、信長次男の信雄である。

天正十年（一五八二）五月十九日、安土高雲寺で行われた能興行は、すでに五番能の「船弁慶」に入っていた。

「船弁慶」とは平家滅亡の後、兄の源頼朝と不仲になった義経が西国に落ちる途次、摂津尼崎から船出したところで、平知盛の怨霊が現れ、道行きを邪魔しようとする話である。

知盛役の信雄の舞には、知盛もかくあらんと思わせるほど鬼気迫るものがあり、その場にいる者全員の目を引き付けた。

やがて舞が終わり、信雄が舞台から降りてきた。

「わが息子ながら実に見事。盃を取らせよう」

知盛の面を取った信雄が、信長の前まで進み出ると、信長は朱色の大盃に、なみなみと清酒を注いだ。

拝跪してそれを受けた信雄が一気に飲み干す。

「飲みっぷりも見事だ。下がってよいぞ」

一礼した信雄は、着替えのために、その場を後にした。

「それにしても、人とは分からぬものよ」

「と申されますと」

「茶筅には、何の取り柄もないと思うてきたが、演能だけは誰にも引けを取らぬ」

茶筅とは信雄の幼名である。

「いかにも、見事な舞でございました」

家康には舞のうまい下手など分からない。しかし桟敷の雰囲気から、それを察することには長けている。

「人とは本当に分からぬものよ。のう、穴山殿」

信長が信君に目を向けた。

「は、はい」

すでに信君は、その剃り上げられた頭に白玉のような汗を浮かべている。

「わしは武田家が怖かった。あれほど強き者たちは、この世におらぬと思うていた。それがどうだ」

信長が得意げな笑みを浮かべる。

「何ほどのこともなかった」

「仰せの通りにございます。右府様を前にしては武田など羽虫同然」

「羽虫とはよかったな」

家康の言った追従の何が面白かったのか、信長が呵々大笑した。

「しかし貴殿は、ここにおる穴山殿らに、三方ヶ原でひどい目に遭わされたの」

「そういうこともありましたな」

「申し訳ありませぬ」

信君が、その巨体を縮こませるようにして頭を下げる。

「人も分からぬが、戦も分からぬな」

「いかにも」

家康が如才なく同意する。

「それもこれも、今となってはどうでもよいことだ。ただな――」

信長の瞳が光った。

「三方ヶ原から城に戻った後、貴殿は城門を閉め、平手汎秀を城に入れなかったな」

「えっ」

突然の指摘に、家康の肝が音を立てて縮んだ。

「いや、それは――」

諸口を持つ家康の手が震える。

「知っての通り、汎秀は、わが傅役であった政秀の孫にあたる」

「ああ、はい」

「爺はな、若い頃のわしの乱行を諫めるために腹を切った。それほどの忠臣だった。わしは、その思いに報いるべく孫の汎秀を重用した。汎秀もわしの期待によく応えた。それゆえ、あの折の難しい仕事に抜擢したのだ」

消え入るようにうつむく家康を見下ろしつつ、信長が盃を干した。

「しかも爺は、生まれたばかりの汎秀をその腕に抱き、『これで平手家は安泰だ』という言葉を残し、人知れず腹を切ったのだ」

その話は、家康も聞いたことがある。その時は、これほど立派な傅役はいないと感心したものだが、まさかその孫が、己にかかわってくるとは思わなかった。

――この場で、その話を持ち出さなくてもよいものを。
家康は、泣き笑いのような中途半端な笑みを浮かべるしかない。
「おかげで平手嫡流は絶えた。生きておれば今頃、汎秀は一国一城の主になってい
たやもしれぬのにな」
「あの折には、事情がありまして――」
言い訳をしようとする家康を、信長が制した。
「夜陰でもあり、敵か味方か分からず、城に入れなかったと言いたいのであろう。お
かげで城際までたどり着きながら、平手隊は全滅した」
「申し訳ありませぬ」
家康が消え入るように頭を下げる。
三方ヶ原で武田勢に散々に打ち破られた平手隊は、道に迷いながらも夜半、やっと
の思いで浜松城にたどり着いた。しかし、「何があっても城門を開けるな」と家康か
ら命じられていた在番役は、その命を忠実に守り、汎秀は城を前にして討ち死にを遂
げた。
汎秀の家臣たちは汎秀を庇うようにして、城門前で折り重なるように死んでいた。
実は、その様子を見かねた在番役は、「平手殿に相違なし。城門を開けますか」

と、家康に問い合わせたが、家康は一言、「捨て置け」と命じた。

これにより平手隊は全滅した。

大局的見地に立てば汎秀を救うべきだったが、胸底でくすぶる憎悪の感情を、家康は抑えられなかった。

——その時のつけを今、払わされているということか。

敗戦の無念が、手なずけていたはずの感情を発露させてしまったのだ。

「見事な仕手(して)であった」

うつむく家康の頭上で信長の声がした。

弁明しようと顔を上げた家康の視線の先に、信雄の姿が映った。すでに信雄は、能衣装から肩衣半袴(かたぎぬはんばかま)姿に着替え終わっている。

仕手とは、能を舞う人を指す言葉であると同時に、何らかの手を打つという意味もある。

信長の言葉が、家康でなく信雄に向けられていると知り、家康は幾分か気が楽になった。しかし信長は、すでに別のことを考えていた。

「それにしても、われらはついておった」

「まさかあの後、信玄坊主が死ぬとは思いませなんだ」

信長の言葉に、すかさず家康が追従した。

三方ヶ原合戦に勝利した後、信玄は三方ヶ原台地を西に下ると、刑部で越年、三河国に入り、翌元亀四年（一五七三）正月半ば、野田城を囲んだ。

家康の後詰が期待できないにもかかわらず、野田城はよく耐えた。しかし、後詰のない籠城戦に勝ち目はない。

一月後の二月半ば、野田城は降伏開城した。しかし不思議なことに、武田勢は占拠したばかりの野田城を放棄し、北東三里半ほどにある鳳来寺に入った。

そこに、しばしの間とどまった後の三月九日、武田勢は伊奈街道を北東に進み、根羽から平谷、浪合を経て三州街道に入ると、駒場で行軍を止めた。

後に分かることだが四月十二日、信玄はこの地で、波乱に満ちた五十三年の生涯を閉じた。

信玄の死は固く秘匿されたが、翌月には信長や家康の知るところとなった。

七月、信長は、信玄に呼応して宇治槇島城で挙兵した将軍義昭を降伏させ、室町幕府に引導を渡すと、天正元年（一五七三）八月、浅井・朝倉両氏を攻め滅ぼした。

九月には、家康も負けじと、武田家のものとなっていた奥三河の要衝・長篠城を奪還した。しかしこれが、信玄の跡を継いだ勝頼の闘志に火を付けることになる。

天正元年十一月、一万五千の兵を率いた勝頼は、駿河から遠江へと侵攻を開始、懸川・久野両城下に放火した上、家康の本拠である浜松城付近まで進み、城下を焼き払った上、引き揚げていった。

その猛威に驚いた家康は城に籠り、己の領国を蹂躙されるに任せるほかなかった。

信玄の養ってきた兵たちは、強気な勝頼の采配の下で、以前にも増して、水を得た魚のように暴れ回っていた。

翌天正二年二月、三万の大軍で美濃国に侵攻した勝頼は、岩村城を足場にして織田方の明知城を攻略すると、返す刀で六月、遠江の要衝・高天神城を降伏に追い込んだ。

高天神城は、「高天神を制す者は遠州を制す」と謳われるほどの大要害であり、この城を奪取することによって、勝頼は家康の胸に白刃を突き立てる格好になった。

これに対して家康は、高天神城の西方二里半の地に馬伏塚城を築き、防衛線を西に下げるや、奪還した長篠城に大規模な改修を施し、武田勢の北東からの侵攻に備えた。

国境に展開する表裏定まらぬ国衆のほとんどは、すでに武田方となっており、唯

一、逃げ込んできた作手城主の奥平貞昌を長篠城に入れて守りを固めたものの、戦況は予断を許さない。
恃みの信長は、大坂、越前、伊勢長島などで本願寺勢力と全面戦争に突入しており、いかに懇願しようが、後詰を送ってくる気配はない。

天正三年（一五七五）正月、三河吉田城に腰を据えた家康が、何度目かになる信長への後詰要請の書状を自ら書いていると、酒井忠次と石川数正の二人が、そろってやってきた。

「この期に及んで何用だ。わしより先に腹でも切るか」

家康が書状から目を上げずに言うと、忠次が平然と返してきた。

「このままでは、そうなりましょう」

これには、さすがの家康も鼻白んだ。

「そなたらは、そんなことを申しに参ったのか」

「お待ちあれ」

今度は数正が、その長い顎を突き出すようにして言った。

「武田勢と、まともに戦っても勝ち目はありませぬ」

「そんなことは分かっておる！」

家康は、こんな無策な連中を宿老に置いてきたことが情けなくなった。

「まずは、お聞きなされよ」

しかし忠次は平然としている。

「敵方に調略を仕掛けてはいかが」

「調略だと。誰に仕掛ける」

「穴山玄蕃頭」

あんぐりと口を開けて忠次を見据えたまま、家康の持つ筆が止まった。

穴山玄蕃頭信君は武田家の重臣中の重臣である。それだけでなく、信玄との二重の血縁から、武田家親類衆筆頭の座にあった。

「遂に狂うたか」

大きなため息をつくと、家康は脇息を抱え込んだ。

「よいか。玄蕃には、武田宗家とは切っても切れぬ血縁がある。武田家に返り忠いたすはずあるまい」

「仰せの通り。いかにも玄蕃は、宗家と深いつながりがあります。しかし――」

もったいを付けるように忠次が言った。

「四郎とはどうでしょう」

　――あっ。

　家康の顔色が変わるのを見た数正が、したり顔で付け加えた。

「もうお分かりになられましたな。玄蕃が忠義だてするのは信玄だけ。その信玄亡き今、玄蕃は誰にも忠義だていたしませぬ」

　確かに信君は、信玄とは二重の縁で結ばれていたが、勝頼とは他人も同然である。

「だからといって、破竹の勢いの武田家から、誰が負け犬に乗り換える」

「仰せの通り。よほどのことがない限り、目端の利く玄蕃は乗り換えぬでしょう。しかし得るものが大きければ、話は別」

「得るものとは」

「武田家の家督」

　信玄四男で、信州諏訪家に養子入りしていた勝頼が家督を継いだことを思えば、信玄と二重の縁で結ばれた信君が、宗家の家督を継いでもおかしくはない。

　しかも勝頼は、実際には家督を継いでおらず、息子の信勝の陣代にすぎないという雑説まである。それが事実であれば、武田家は事実上、当主不在となる。

　――これほど危ういことはない。

私利私欲からではなく、武田家安泰のために、信君が宗家の家督を望むのは至極、当然なことである。

「つまり玄蕃は、四郎に成り代わり、武田家を己のものにしたいと申すのだな」

「いかにも」

二人が同時に首肯した。

「だが、いくら利が大きくとも、玄蕃のように武田家の血濃き者が寝返るだろうか」

「それでは、仮に四郎がこのまま勝ち続け、殿や織田殿を滅ぼせばどうなります。次に狙われるは、獅子身中の虫の玄蕃ではありませぬか」

書きかけの書状の上に墨汁が落ちた。

――そうか、武田の血が濃すぎる玄蕃は、四郎の下で共に栄えることができぬのだ。それが山県、馬場、内藤ら宿老どもと異なる点だ。

「いつか滅ぼされるのなら、殿や織田殿と組み、甲信の主として栄えた方がましでござろう」

「しかし考えてもみよ。玄蕃が駿河で突然、反旗を翻したところで、四郎に揉みつぶされるだけではないか。わしが後詰に駆けつければ、四郎は飛んで火にいる夏の虫とばかりに、無二の一戦を挑んでくるはずだ」

「いかにも」

大きくうなずくと忠次が言った。

「それゆえ、これ以上ないほどの場で裏切ってもらいます」

その言葉に、家康の瞳が大きく見開かれた。

五

天正三年（一五七五）五月二十一日の空が白み始めた。前夜来の雨が嘘のように上がり、いまだ空の大半は雲に覆われているものの、東の空には、わずかに朝日ものぞいている。

——これで火縄は湿らんな。

長篠設楽ヶ原の高松山に陣を布いた家康は、朝日に向かって遥拝したいほどだった。

織田・徳川連合軍が武田軍に勝つための絶対条件は、この日、鉄砲が存分に使用できるかどうかにかかっていた。たとえ兵力的に勝っていても、強悍な甲州兵と野戦で渡り合うには、まず鉄砲戦で圧倒せねばならない。しかもそれだけでは、十分とは言えない。

――すべては穴山玄蕃次第か。

存亡を懸けたこの一戦の鍵を握るのは、敵の中で、最も武田家と近い関係にある穴山信君なのだ。

――本当に調略はうまく行ったのか。

初め小さかった不安の芽は、徐々に頭をもたげ、家康の中で大木に育ちつつあった。

「殿、いかがなされましたか」

傍らに拝跪した小姓の井伊万千代（直政）が、小声で問うてきた。

万千代は、かつて桶狭間で討たれた井伊直盛の孫にあたる。

「何でもない」

「しかし、お顔色がすぐれぬようですが」

「わしのか」

「はい。青ざめております。将の顔が青ざめておれば、兵の腰は引けてきます」

「そんなことは分かっておる！」

「申し訳ありません」

「余計なことを気にかけている暇があれば、物見にでも行っておれ！」

叱りつけると、万千代は「得たり」とばかりに前線に走っていった。

入れ替わるように、前線から石川数正がやってきた。

一方の宿老である酒井忠次は、信長に献策が入れられ、奥平貞能、菅沼定盈、金森長近らと共に、設楽ヶ原の一里ほど東にあたる、武田方の付城・鳶ヶ巣山砦攻略に向かっている。

「今のところ、すべては調儀通りかと」

数正が不安を押し隠すように言う。

「そのようだな」

「これで鳶ヶ巣山が首尾よく落ちれば、退路にあたる別所街道をふさがれた敵は、前進突破を図るしかなくなります」

織田・徳川連合軍の作戦計画は、すでにでき上がっていた。

長篠城の後詰として設楽ヶ原に進出した連合軍は、連吾川を堀に見立て、その河畔二十町にわたり三重に木柵を並べ、迎撃態勢を布いていた。しかし、そこに勝頼をおびき出すには、背後をふさぐことで挟撃態勢を取り、前進突破を図るほかに策をなくす必要がある。

問題は、それでも勝頼が決戦を挑んでくるかである。勝頼が背後の敵を蹴散らし、撤退戦に移れば、勝つには勝っても、決定的な勝利を得ることはできない。

——そこで玄蕃の出番だ。

軍議の場で決戦を主張するよう、手の者を通じて、穴山信君には強く言い含めておいた。

織田と徳川を滅ぼすことは亡き信玄の悲願であり、信君がその話を持ち出せば、必ずや勝頼は決戦を挑んでくるはずである。

家康は信君に、「信玄公の無念を思い出されよ」と言って悲憤しろとまで指示していた。

やがて朝靄(あさもや)が晴れてくると、敵陣が見えてきた。

「殿！」

物見に出ていた万千代が走り込んできた。

「連吾川対岸で、敵の旗がさかんに動いております」

布陣を終わらせた敵が、突撃隊形を整えているのだ。

——やはり来たか。

期待と不安が交互に押し寄せてくる。

「よし！」

家康が立ち上がった。

時は、すでに卯の刻（午前六時頃）を回っているはずである。

北方に目をやると、信長が陣を布く極楽寺山では、無数の永楽銭の旗が移動を始めていた。

武田勢の着陣を知った信長も、応戦態勢を取ろうとしているのだ。

「殿、敵は鶴翼の陣を布いております。四郎めは、われらの兵がどれほどおるか気づいておらぬのでは」

万千代の言葉に、家康と数正が顔を見合わせる。

鶴翼の陣は、兵力に勝る側が手堅く勝つための陣形で、兵力に劣る武田方が鶴翼の陣を布いたということは、連合軍の兵力を正確に摑んでいないことになる。

この時、連合軍の総兵力は三万八千、対する武田勢は、長篠城の押えに兵を割いているため、わずか一万二千である。

「つまり四郎は、われらの鉄砲の数も摑んでおらぬということだな」

「そうとしか考えられませぬ」

数正の長い顎が上下に動いた。

——これは勝てるやもしれぬ。

一瞬、そう思った家康だが、すぐに気を引き締めた。戦場では、何があるか分からないからだ。

武田軍は、これまで些少の兵力差など物ともせず、敵を粉砕してきている。

——やはり玄蕃次第か。

その時、曇天を引き裂くような筒音が何発か轟くと、それは瞬く間に斉射音に変わった。

陣内は色めき立ち、張り詰めるような緊張が走る。

「あれは南端の戦場かと」

万千代がすかさず答える。

「敵の旗印は何だ」

豆を炒るような筒音と、地から湧き上がるような喊声は次第に高まってきている。

転がるように戻ってきた使番が報告した。

「敵の旗印は白桔梗」

「山県か」

数正が舌打ちした。

武田家最強を謳われる山県昌景隊である。

「対するは大久保忠世隊か」

続いて榊原康政から使番が入り、前面に展開する小幡信貞隊の前進が始まったと伝えてきた。

「敵を引き付けよ、柵の前まで引き付けるのだ！」

軍配を持つ手が汗ばむ。

連合軍は木柵と連吾川の間に挑発部隊を繰り出し、わざと敗走する手はずとなっている。しかし歴戦の武田勢が、その手に乗るかどうかは分からない。

「筒合わせが始まりました」

別の使番が走り込んできた。

その時である。南東の方角から一筋の煙が上った。

「殿、あの狼煙は、小平次が鳶ヶ巣山砦を落としたという合図ですぞ」

小平次とは酒井忠次のことである。

「これで敵は前進突破しかなくなった！」

家康の全身に武者震いが走った。

忠次は鳶ヶ巣山の敵を掃討すると、長篠城の味方と合流し、武田勢の退路にあたる別所街道を封鎖するはずである。

——これで四郎は袋の鼠だ。

戦況は思惑通りに運んでいたが、武田勢と正面からぶつかるという恐怖に、家康の肝は縮んでいた。

辰の刻（午前八時頃）を回った頃、水を蹴立てて小幡隊が連吾川を渡河してきた。朝靄で判然としないが、水音だけでそれと分かる。

やがて会話もできぬほどの轟音が耳朶を覆うと、前方に、もうもうたる硝煙が立ち込めた。

小幡隊の斉射である。

「こちらの思惑通りですな」

そう言いつつも、数正の声は震えている。

続いて、柵外に出ていた徳川勢の挑発部隊が退き陣に移ると、渡河した敵は竹束を幾重にも押し立て、じわじわと前進してきた。このまま至近距離まで接近し、一気に攻め掛かろうというのだ。

その時になって家康は、下帯が濡れていることに気づいた。

小便を漏らしていたのだ。

「来るぞ。皆、心して掛かれ！」

それを周囲に気取られぬよう、家康は、あえて大声で気合を入れた。

連吾川を渡った小幡隊が、竹束を押し立てつつ三重の木柵まで迫ってきた。

悪鬼羅刹かと見まがうばかりの赤備の軍団である。

この場から逃げ出したいという衝動が家康を襲う。

――堪えるのだ！

一の柵まで半町の距離に迫った時、敵は突然、喊声を上げると、竹束を捨てて突進を開始した。

小幡隊は赤備なので、鮮血の奔流に見える。

ただでさえ小さな家康の肝が、さらに縮む。長年にわたり辛酸を舐めさせられてきた家康には、武田勢の恐ろしさが骨の髄まで染み込んでいるのだ。

しかし、この恐怖に打ち勝つには攻撃以外にない。

「放て！」

家康が軍配を振り下ろすと、鼓膜が破れんばかりの轟音が響きわたった。

たちまち先頭を走る敵兵が、ばたばたと斃れる。しかし斃れた味方を乗り越え、敵は次から次へと押し寄せてくる。

すでに南北共に戦端を開いたらしく、彼方に立ち込める硝煙の中からも、筒音が聞こえてくる。

織田勢も、前面の武田勢に向けて筒口を開いていた。

百万の獣の咆哮にも似た轟音が、設楽ヶ原全体を覆う。

気づくと万千代が家康の腕を取り、後方に引かせようとしている。それを荒々しく振り解くと、前線を見回ってきた石川数正が馬を飛ばして戻ってきた。その顔は蒼白である。

「殿、どうやら敵の内藤昌秀隊が、お味方の滝川一益隊の一の柵を破りましたぞ」

「もう破られたのか」

「こうなっては、われらも一の柵を放棄するしかありませぬ」

「致し方ない」

家康が一の柵放棄の合図旗を揚げさせると、我慢の限界に達していた先手筒衆が、われ先にと二の柵の内まで引いてきた。

「それがしも、そろそろ防戦に加わります」

「分かった。頼むぞ」

数正は馬にまたがるや、土煙を蹴立てて前線に戻っていった。

――やはり、勝てぬか。

家康は、武田勢の右翼最後尾に陣を布く穴山勢を睨めつけた。

林立する丸に三つ花菱の旗幟は、そよそよと風に靡いているだけで、微動だにしない。

――玄蕃め、まだ日和見いたすか。

信君は、ぎりぎりのところまで勝敗を見極めるつもりなのだ。

そうした信君の心中が、家康には手に取るように分かった。信君の立場であれば、己もそうするからである。

――玄蕃ごときを恃みとしたわしが愚かであった。

信長の眼前にひれ伏し、叱責される己の姿を、家康は思い描いていた。

――叱責される余裕があるならまだしも、わしは、ここで討ち死にするやもしれぬ。

怒りが収まると、肚の底から死の恐怖が湧き上がってきた。

そこに使番が飛び込んできた。

「二の柵が破られました！」

――ああ。

家康は己の不運を呪った。

天正十年五月十九日、安土高雲寺で行われた能興行と宴席が終わり、家康と信君は、馬首をそろえて帰途に就いていた。

「穴山殿、設楽ヶ原では、冷や汗が出ましたぞ」

「ああ、そうでしたな。お詫びの申し上げようもございませぬ」

信君が決まり悪そうな笑みを浮かべる。

――わしはあの時、この男に命運を懸けたのだ。

家康が苦々しい眼差しを向けると、信君は媚びるように言い訳をした。

「あの時は、いろいろと手間取りましてな」

――嘘を申せ。

信君は悪びれた様子もなく、丸く剃り上げられた頭を撫でている。

二の柵まで破られた織田・徳川連合軍は、武田勢に押し切られそうになっていた。

堺の今井宗久らの尽力により、三千もの鉄砲をそろえた連合軍だったが、鉄砲足軽たちは練度も低い上に覚悟も十分でないため、すでに腰が引け始めていた。

武田方も相当の痛手をこうむっていたが、前進突破以外に生き残る道がないと知っているためか、屍の山を築きながらも突進を止めない。

遂に最南端の大久保忠世隊が押され始め、徳川勢は側面からも攻撃を受けるようになった。

このままでは戦線を支えきれず、それが織田勢にも波及すれば総崩れとなる。

ここで踏ん張るか、命だけでも長らえるために、早々に戦場から離脱するかの岐路に、家康は立たされていた。しかし、信長に先んじて戦場を後にすれば、どの道、信長に殺されることになる。

その時、大久保隊が崩れ立つのが遠望できた。

――終わった。

あと小半刻もすれば、武田勢は家康本陣に達し、殺戮の限りを尽くすはずである。

家康の脳裏に退却の二文字がよぎった時、奇妙な違和感が漂った。

前面をよく見ると、先ほどまで、烈火のごとき勢いで寄せてきていた小幡隊が引いていく。

――これは現世か。

家康は、眼前で展開されている様が現実のものとは思えなかった。

「攻めよ、攻め掛かれ！」

われに返った家康が軍配を振るうと、徳川勢が次々と木柵から飛び出していく。

敵の撤退は全戦線に及んでいるらしく、北方を見ると、織田勢が前進を開始し、南方を見れば、先ほどまで押しまくられていた大久保隊も反撃に転じている。

一瞬の間に攻守は入れ替わっていた。

家康は逃げていく甲州兵の背というものを、この時、初めて見た。

――裏崩れを起こしたのだ。

ようやく家康にも、事態がのみ込めた。

後備を担っていた穴山隊が勝手に陣払いしたことで、武田信廉や武田信豊といった二の手を任されていた武田家親類衆も、兵を引き始めた。これにより、攻勢を取っていた山県、原、馬場、内藤、小幡ら先手衆も崩れ立ったのだ。

終わってみれば、長篠合戦は織田・徳川連合軍の快勝だった。

駿河国の本拠・江尻城まで引いた信君は、それからも名目上は武田家に属したが、次第に独立傾向を強めていった。これに対して勝頼は文句一つ言えず、独立化を容認する形になっていた。

こうしたことから、家臣団の心は勝頼から離れ、長篠合戦から七年後、武田家は滅亡する。

「今にして思えば、あの時が切所でしたな」

信君が感慨深げに呟いた。

――わしは、幾度となく切所を切り抜けてきた。設楽ヶ原など、その一つにすぎぬ。ところがこの男は、信玄の懐でぬくぬくと生きてきて、設楽ヶ原で兵を引いただけで、勝者の側に属することができたのだ。

家康は腹立たしさを抑えて言った。

「設楽ヶ原での穴山殿のご判断が、正しかったということです」

長篠合戦での裏崩れに始まり、勝頼から要請された遠江高天神城の後詰にも赴かず、信君は織田・徳川連合軍に陰から貢献し続けた。

いよいよ信長の甲州攻めが始まった時は、真っ先に信君が裏切り、武田家は呆気なく崩壊した。

しかし、「甲州攻めの片棒を担げば甲斐一国を安堵する」という信長の言葉は反故にされ、信君は旧領である甲斐二郡を安堵されるにとどまった。それだけならまだしも、これまで実質的に信君が支配していた駿河国も取り上げられ、家康に与えられた。

穴山家の財源は駿河湾交易にあり、それをもぎ取られてしまえば、何の取り柄もない山間の土豪に戻るしかない。

——この世は、すべて強き者が決めるのだ。それが気に入らねば、より強き者になるしかない。

家康は心中、信君に同情しつつも、強き者が口約束を反故にするのは、当然とも思っていた。

「武田家は、それがしの離反によって滅びました。四郎は、それがしを内患と知りながら、何も手が打てなかったからです」

信君は、己の立場を十分に知悉していた。

「四郎にとって、それがしは獅子身中の虫でありました。しかし虫を駆除しようとすれば、他家に隙を見せることになります。長篠以後、武田家は衰え、四郎は退勢を挽回するのに躍起となっておりました。それゆえ口惜しくとも、それがしと協調していかねばならなかったのです」

「それが結句、四郎の命取りとなったのですな」

「そういうことになります」

「内患だけは、早めに摘み取るべきですな」

「仰せの通り」

信君が自嘲的な笑みを浮かべた。

──内患か。

家康も内患を駆除したことはある。しかしその内患は、家康にとって何よりも大切なものだった。

第三章　まな板の鯉(こい)

一

天正七年(一五七九)七月二十一日、早朝から舘山寺の御陣山で鷹狩りを行っていた家康が、堀江城で昼餉を取っていると、近習が酒井忠次の来訪を告げてきた。

忠次は家康の名代として、安土城の落成祝いに行ってきた帰りである。

いかに鷹狩りの最中とはいえ、安土で信長と面談してきたばかりの忠次と会わないわけにはいかず、家康は渋々ながら引見を許した。

会所に入ると、すでに忠次は待っていた。その背後には、真夏の浜名湖が広がっている。

家康が「大儀」と言って座に着くと、柿渋を飲み下したような顔の忠次が、形ばかりに平伏した。

──また、よからぬ話だな。

忠次の渋面を見れば、それは明らかである。

「安土の城は、いかがであった」

「それは後ほど」

せめて明るい話題から入ろうとした家康だったが、忠次の方に、そんな気はさらさらない。

「夕になれば浜松の城に戻るものを、あえて鷹狩りをしておるわしを追ってきたのだ。よほどの大事であろうな」

家康の趣味は鷹狩りしかない。鷹狩りだけが、この世の憂さを晴らしてくれるからである。それゆえ家康は、鷹狩りの最中に政治向きの話をするのを嫌った。

それを知る家臣たちは家康の機嫌を損ねぬよう、鷹狩りの時だけは、そっとしておくのが常である。

しかし忠次は、そんなことに頓着しない。

「言うまでもなく、大事でございます」

その大げさな物言いに、家康はむっとした。

──信長め。またしても兵を出せというのだな。

「武田四郎はいまだ健在だ。いかに織田殿の依頼でも、そう容易に馳走できぬぞ」

家康の役割は、武田家の西方への勢力伸長を抑えることである。信長は家康にそれを期待し、家康もそれに応えてきた。しかし諸方面に敵を抱えるようになった信長は、遠慮せずに援軍を要求するようになってきた。

「いや、実は違うのです」

いつもは単刀直入な忠次が、なぜか言いにくそうにしている。

忠次の様子から、人払いを望んでいると察した家康が、背後に控える小姓に目配せすると、小姓たちは瞬く間に去り、会所は家康と忠次だけになった。

「して、何事だ」

「次郎三郎様のことで」

——何だ、そのことか。

信康と五徳は夫婦になって十二年になるが、折り合いは悪く、五徳が父の信長に愚痴を言っていると聞いたことがある。

二人は政略結婚によって夫婦になった。

永禄五年（一五六二）正月、信長との間に「清洲同盟」を結んだ家康は、二月、その実を見せるために、鵜殿長照の守る西郡上之郷城に攻め寄せた。

鵜殿長照とは、その二年前の桶狭間合戦で、大高城を守っていた今川家重臣のことである。

やがて城は落ち、長照を討ち取った家康は、その子二人を捕虜にすると、それと引き換えに、今川氏真の許に預けられていた正室の築山殿、嫡男の次郎三郎、長女の亀姫との人質交換に成功した。

長照は今川義元の妹の子であり、その血縁の濃さから、氏真も人質交換に応じねばならなかった。

妻子を取り戻した家康は、早速、信長に縁談を申し入れた。

次郎三郎と信長の長女・五徳（徳姫）を娶わせようというのである。

この時、次郎三郎は三歳、五徳も同じ三歳である。

むろん信長に否はなく、五年後の永禄十年、二人の婚儀が執り行われた。これにより次郎三郎は、信長と家康から一字ずつもらい、信康と名乗ることになる。

「閨房のことに口出しするとは、織田殿もどうかしておる」

家康が、さもうんざりしたように言う。

「いや、そうではないのです」

「では何だ」

「殿、心してお聞き下され」

忠次の眼光が鋭く光る。

「実は、五徳様から伝え聞いたとのことで、織田様が申されるには、次郎三郎様と御母堂様（築山殿）に謀叛の疑いがあると」

「謀叛だと」

家康が、あんぐりと口を開けた。

「織田様は、そう仰せになられました」

「謀叛と申しても、誰に対して謀叛しようというのか」

「それは、殿を措いてほかにありませぬ」

「わしと申すか」

しばしの間、忠次の顔を穴のあくほど見ていた家康が、突然、笑い出した。

「待っているだけで家督が転がり込んでくる次郎三郎が、どうして謀叛など企てる」

そう言い捨てると、家康は座を払おうとした。

「お待ちあれ。これは、それがしではなく織田様の仰せになられたことです」

「織田殿は娘の讒言を信じ、わが息子を陥れようというのか」

「それがしも、当初はそう思いました」

　忠次の話によると、家康の名代として安土城を訪れた忠次を深夜に呼び出した信長は、「減敬という法印を知っておるか」と問うてきたという。

　ため息をつきつつ、家康が問い返した。

「減敬とは、瀬名（築山殿）付きの法印のことか」

「はい。その減敬ですが、織田様が仰せになられるには――」

　忠次が声をひそめる。

「武田の間者だそうで」

「馬鹿を申すな。減敬は、瀬名の実家である関口家の法印だったと聞いておる。その縁で引き取ったのだ。出自ははっきりしておる」

「それでは殿は、駿府にいる間、減敬とお会いになられたことがおありか」

　家康は記憶をまさぐったが、確かに駿府で人質になっていた当時、減敬という者に会ったことはなく、そんな名など聞いたこともなかった。減敬はすでに初老であり、十年以上、駿府にとどめ置かれた家康が、その存在を知らぬというのもおかしい。

「実は先頃、五徳様のご機嫌伺いで岡崎城を訪ねた織田家の使僧が、城内で、ばったり減敬と出くわしたそうです」

忠次によると、その使僧は、かつて織田・武田両家が同盟関係にあった頃、甲斐府中の躑躅ヶ崎居館を訪れたことがあり、そこで若き頃の滅敬を見たという。

「つまり瀬名が、それを承知で滅敬なる者を側近くに置いていると、織田殿は仰せなのだな」

「はい。しかも、それを裏付けるように、滅敬は薬草採取と称し、何日も城を空けることがあるそうで」

「それをなぜ、織田殿が知る」

「五徳様から、お聞きになられたとのこと」

家康は天を仰いだ。

五徳の指嗾を端緒として、信長は独自の情報網を使って滅敬の行動を監視し、謀叛の確証を摑んだに違いない。

「すでに岡崎城下の滅敬の屋敷周りに、服部一党を配しております」

「随分と手回しがよいな」

家康の皮肉にも動ぜず、忠次が言い捨てた。

「宿老として当然のこと」

それだけ言うと、いつもの渋面を提げて忠次が去っていった。後は、家康に判断を委ねるという意である。

——滅敬か。

その場に一人、取り残された家康は、すでに鷹狩りを続ける気も失せ、夕日の輝く湖面を見つめていた。

それから五日後の七月二十六日、徳川・武田両国の国境にある根羽村で滅敬が捕らえられた。

「滅敬が、武田方の〝つなぎ〟と接触を持ったのを確かめてから捕らえよ」という家康の命を、服部半蔵は忠実に実行した。

武田方の〝つなぎ〟は、その場で処分されたが、滅敬は浜松城に連れ戻され、家康立会いの下、激しい拷問を受けて口を割った。

これにより滅敬が、しばしば「薬草採取」と称して根羽村まで赴き、武田家の〝つなぎ〟と密談していたことが明らかとなった。

家康も尋問に立ち会い、その口から直接、築山殿と信康の謀叛を聞いたので間違いはない。

信長の使僧の指摘は正しかったのだ。

むろんそれは、苦しみのない死を望む減敬の苦し紛れの嘘かもしれない。しかし、築山殿と信康の関与がどうあれ、いったん信長に疑いを持たれたからには、それを覆すだけの証拠をそろえねばならない。

――わしはつくづく愚かであった。長篠で武田家を完膚なきまでに叩きのめし、武田家の力を衰えさせたということは、わしの値打ちをも低下させることであり、武田家の衰退と合わせるように、わしの力も削られるだけだったのだ。

信長にとって、長篠合戦によって武田家が他国に侵攻できないほど力を衰えさせたことはありがたいが、徳川家の力が増すのも困る。

――それゆえ、かの男は、わが家の火種を探っておったのだ。

家康は、己の置かれた立場が思っていた以上に厳しいものだと覚った。

二

八月三日、浜松城を出陣した家康は、東海道を西に向かうと岡崎城に入った。城代の石川数正を引見した家康は、酒井忠次に信康と築山殿の謀叛の疑いについて語らせた。

数正は恐懼し、監督不行き届きを詫びると、信康付きの三家老（松平康忠、松平近正、本多重富）を呼び出し、何があっても家康の命に服従することを誓わせた。

忠次や数正と善後策を協議した家康は、まず信康を岡崎城から出すことにした。信康が岡崎城にいる限り、信康の側近くに仕える近習や旗本が騒ぎ出しかねないからである。

四日、わけも分からぬまま岡崎城から出された信康は、大浜城に移された。大浜城とは、三河湾西端の入江の畔にある廃城である。

五日、家康は大浜城の一里ほど東の西尾城に入り、信康の来訪を待っていた。

「次郎三郎、参りました」

「入れ」

常と変わらぬ様子で、信康が入室してきた。家康がきつく申し渡していたので、忠次も数正も随伴していない。

家康は父子二人で語り合い、その真意を質したかった。

「ちこう」

信康は、上段の間に座す家康から三間ばかり離れた位置まで膝行した。

ここ数日の懊悩ゆえか、信康の面はやつれ、ほつれた髪が一筋、額に懸かっている。

「此度は災難であったな」

「災難と仰せか」

信康の瞳が、家康をあざ笑うかのように光る。

「災難ではなかったと申すか」

「そう申したら、父上は、いかがなされまするか」

――わしは過ぎたる息子を持った。

その堂々たる立ち居振る舞いから、すべてを覚ったような物言いまで、信康が武将として申し分のない器量を備えていることを、家康は痛感した。

――しかし、そうしたものこそ、身を滅ぼすことにつながるのだ。

「衆に秀でた者は己を知ろうとせぬ。それに反して、凡庸な者ほど己を知ろうとする」という雪斎の言葉を、家康は思い出していた。

「室とは、うまくいっておるか」

「ははあ」

ややうつむき加減で畳の一点を見つめていた信康が、視線を家康に向けた。

「そういうことですか」

その口辺には、笑みさえ浮かんでいる。

「あの間者づれが、またしてもあることなきことを、安土の義父上(ちちうえ)のお耳に入れたのですな」

その言葉を聞いた家康は、大きなため息をついた。

「どうやら室とは、うまくいっておらぬようだな」

「父上、わが室のおかげで、徳川家中のことは、すべて織田方に筒抜けなのですぞ」

「夫婦仲が悪いのは、やはり、それが因(いん)なのだな」

「父上、誰が間者を可愛(かわい)がれましょう」

信康が、さも当然のように言う。

「そなたの申すことは尤もだ。しかし弱き者には、耐えねばならぬこともある」

「父上は、われらを弱き者と思うておいでか」

「よいか。わしは常に己を弱き者と思うている。だからこそ、掌(たなごころ)で包むように家を守ってこられたのだ」

家康は常に弱い立場にあった。かつて主(あるじ)には今川義元がおり、敵には武田信玄がいた。そして今は、信長が頭上に君臨している。彼らによって、家康は己が弱者であることを、嫌というほど思い知らされてきた。

「それが、父上の生き方なのですな」

「そうだ。そのどこが悪い」

「それゆえ、いつまでも織田ごときの下風に立たされておるのですぞ」

信康の鋭い眼光が家康を射た。

「馬鹿を申すな。織田殿との盟約がなければ、わが家など、とうの昔に今川か武田に滅ぼされておったわ」

「仰せの通り。しかし今川は滅び、武田は衰えております。今、わが家にとっての脅威は、織田殿ではありませぬか」

――何と恐ろしいことを。

家康は啞然として、二の句が継げない。

――わしが隠居すれば、間違いなく信康は信長と手切れする。その先に待つのは滅亡か。

焰に包まれる浜松城と、皺腹に白刃を突き立てる己の姿を、家康はまざまざと思い描けた。

「かの者のために働くことは、決して徳川家のためになりませぬ」

確信に満ちた声音で信康が言う。

「そなたは、やはり武田と結ぼうとしておったのか」

呆れたように首を左右に振ると、信康の口端に苦い笑みが浮かんだ。

「誰が好き好んで、先の見えた四郎などと結びまするか」

四郎とは武田勝頼のことである。

「それでは、滅敬のことをいかに申し開く」

「今、何と申されましたか」

信康が首をかしげた。

その様子から家康は、この陰謀に信康が関与していないと確信した。

家康は今回の顚末を信康に語った。

「そういうからくりがあったのですな」

他人事のように信康が感心する。

「そなたが潔白であるなら、わしは命に代えても、そなたを守る」

意を決したように言いきる家康を尻目に、信康は醒めた笑みを浮かべた。

「むろんすべて、それがしの与り知らぬこと。しかし父上が織田殿に対し、謀叛の疑いを晴らしたければ――」

その後に続く言葉が何であるか、家康には分かっていた。

「それがしを斬らねばなりますまい」

「馬鹿を申すな。罪なきそなたを殺すことなどできようか」

「それでは、父上は信長と手切れせねばならなくなりますぞ。そのお覚悟がおありなら、それがしをお守り下さい」

家康は言葉に詰まった。

――いかにも、次郎三郎の申す通りだ。信長の疑念を晴らすには、確かな証拠が要る。「知らぬ存ぜぬ」で通じる相手ではないのだ。

それでも家康は嫡男を守りたい。

――次郎三郎は、わしの息子だ。

その小さな体を初めて抱いた時のこと、熱を出して夜通し看病した時のこと、共に馬を走らせた時のこと、鷹狩りで得た初めての獲物を提げ、満面に笑みをたたえていた時のこと。それらの思い出が、家康の脳裏を駆けめぐった。

――たとえ相手が仏神だろうと、次郎三郎は誰にも渡さぬ。

無実の息子を差し出してまで、己の保身に走る者など聞いたことはない。

それくらいなら、死んだ方がましだ。

「次郎三郎、此度の事は、わしに任せてくれぬか」

「そうまで仰せになられるなら、それがしは従いますが——」

「そうさせてくれ」

「きっと徒労に終わりますぞ」

信康の面には、すでに死を覚悟した者だけが持つ諦念が溢れていた。

家康と信康の面談があった翌日の八月六日、酒井忠次が早馬を飛ばして安土に赴いた。

忠次は奏者の堀秀政と面談し、減敬が武田の間者なのは間違いないが、築山殿と信康は、「その事を与り知らず」と言い張った。

さらに八日、小栗大六重常と成瀬藤八郎国次の二人が、家康の書状を携えて安土に入り、忠次と同じことを秀政に言上する。

これらを秀政から告げられた信長は、たちまち不機嫌になった。

翌九日、急ぎ浜松に戻った二人からその報告を受けた家康は、信康を浜松城の北西二里にある堀江城に移した。

信康の身を案じた岡崎衆（西三河衆）が、不穏な動きを示し始めたからである。

徳川家は三河国衆の盟主的な立場にあり、その微妙な力の均衡の上に乗っている。

それゆえ信康を支持することに利があれば、平気で家康を裏切る者もいる。

同日、再び岡崎城に入った家康は、信康の付家老や旗本から「家康に対して二心なし」という起請文(きしょうもん)を取るや、いったん浜松城に戻った。

家康としては、このまま信康を謹慎(きんしん)させ、嵐が過ぎ去るのを待とうとしたのである。

ところが信長は甘くない。

天正七年八月、信長は堀秀政を通じて信康の動向を問い合わせてきた。家康は困り果て、堀江城から、さらに東方の二俣城に信康の身柄を移し、拘禁(こうきん)状態にした。

この措置に驚いた築山殿は、信康の無実を家康に訴えるべく浜松城に向かった。

これまでも再三にわたり、家康との面談を望んできた築山殿である。遂に家康はそれを許し、出迎えの家臣を差し向けた。

ここで家康は、信康を救うために築山殿を切る決意をした。

築山殿が減敬の陰謀に加担していたのか、それとも加担していなかったのか、家康には分からない。だが、たとえ減敬にだまされていたとしても、築山殿にも責任の一端はあり、武家の室であれば、その責を負う覚悟が必要である。

二十五日、岡崎を出た築山殿は、あとわずかで浜松城という佐鳴湖畔で殺された。

このことは、その殺害に立ち会っていた織田家の者によって、すぐに安土にいる信長にも伝えられたが、信長の追及の手はやまなかった。

信長は築山殿などどうでもよく、どうしても信康を殺したかったのだ。

浜松に戻ってきた忠次は、信長の言葉を伝えた。

「わしとの同盟を続けたければ、それなりの誠を示せ」

家康は万事休した。

こうまで言われて信康を守ろうとすれば、信長に反旗を翻すことになる。

信長の狙いが信康の命であると覚った家康は、九月十五日、遂に信康に自害を命じた。

検使として服部半蔵と天方通綱を迎えた信康は、二人の眼前で従容として腹を切った。徳川家嫡男に恥じぬ堂々たる最期だった。

家康は、自らの後継である信康を葬ることにより、信長の疑念をぬぐい去った。

信長にとって、英明の誉れ高い信康は危険な存在だった。

信康は永禄二年（一五五九）の生まれなので、弘治三年（一五五七）生まれの信長嫡男・信忠と年が近く、場合によっては、次代の脅威となり得る。

ところが家康の三男・秀忠は、この年に生まれたばかりで、信忠とは二十二歳も離れている。それゆえ次代の脅威とはなり得ない。

信長は、そこまで周到に計算していた。

しかし、すべてが信長の目算通りというわけではなかった。信康の死によって、徳川家中に亀裂を生じさせるという狙いは外れ、徳川家中の結束は、以前に増して強固になった。

家康に対抗できる旗頭が消えたことで、二心の抱きようがなくなったからである。

一方、家康は、信康に近い立場にあった者たちを追放や蟄居に処した。むろん、ほとぼりを冷ました後で帰参させるという含みを持たせてのことである。

信長が本能寺で横死した後、家康は彼らを呼び戻す。

家康は信康と築山殿の死を乗り越え、さらに信康側近の追放という荒療治により、家中の結束を強めることに成功した。

以後、徳川家中は、寄子国衆的な者たちの家臣化が促進され、戦国期では珍しい結束力のある集団となっていく。

家康は信長に付け入る隙を与えず、死中で一矢報いたのだ。

天正十年五月十九日、安土高雲寺で行われた能興行も終わり、家康と穴山信君の二人は、馬首を並べて大宝坊（たいほうぼう）への帰途に就いていた。

信君は、己が武田家の獅子身中の虫だったことを十分に自覚していた。

「四郎に比べ、三河殿の手際のよさは、さすがでしたな」

「手際と仰せか」

信康を処断したことを、信君は「手際」という言葉で表現した。

——わしがどれほど辛（つら）かったか、そなたには分かるまい。

信君は、息子を殺すことになった家康の苦悩など一顧（いっこ）だにしなかった。

「それにしても、家中の火種ほど恐ろしきものはありませぬ。それは織田家とて同じ」

——此奴（こやつ）は、何が言いたいのだ。

家康はゆっくりと首を回し、信君を凝視（ぎょうし）した。

「例えば、先日の右府様の惟任（これとう）殿に対する仕打ちを見れば——」

惟任とは明智光秀のことである。天正三年七月、信長は朝廷に申請し、功のあった光秀らに九州の名族の姓をもらってやった。以後、光秀は惟任と呼ばれている。

ようやく家康にも、信君の言わんとしていることが分かってきた。

実は、能興行は十七日の夜を予定していたが、ある事件があり、二日後の十九日に延期された。

その事件の場に、家康と信君も居合わせていた。

十七日、前々日に安土に着いた家康らをねぎらうという名目で、日が中天に達する頃、信長直々、大宝坊へと出向いてきた。時間が時間なので昼餉を共にすべく、信長は饗応役の光秀を伴っている。

その時のことである。昼餉に出された鯛の刺身が、わずかな異臭を発していた。家康は形ばかり手を付けただけで、刺身の大半を残した。常であれば、それだけのことである。しかし信長は、家康の様子を見逃さなかった。

信長に命じられた毒見役が、家康の刺身を食べると、少し傷んでいた。それを聞いた信長は丁重に家康に謝罪すると、厨房で指揮を執っていた光秀を呼び出した。

それからが大変な騒ぎである。

光秀の姿を見た信長は、突然、立ち上がると、家康の食べ残した鯛の皿を光秀の眼前に突き出した。

信長の意図するところをすぐに察した光秀は、その臭いを嗅ぐと、その場に額をすり付けた。

「申し訳ありませぬ。この鯛は急ぎ取り寄せたもので――」

弁明しようとした光秀の肩を、信長が足蹴にする。

一回転した光秀は、再びひれ伏して許しを請おうとするが、信長は許さない。

光秀に罵声を浴びせつつ、二度三度と光秀を蹴り上げる。

慌てて左右から押しとどめようとする小姓や近習を振り払いつつ、信長の暴行は続いた。

広縁まであとずさった光秀が、庭に蹴り落とされようとする寸前、家康が光秀に覆いかぶさり、許しを請うた。

さすがの信長も、家康ごと蹴り落とすわけにはいかない。

ようやく暴行は収まったが、信長の怒りは収まらない。

座に戻った信長は光秀を悪しざまに罵り、領国を取り上げ、放逐するとまで言い放った。

確かに、賓客である家康に腐った魚を出しては、信長の面目は丸つぶれである。しかも家康は、信長に殺される可能性があると噂されているのだ。そのつもりがないなら、とくに口に入れるものには、慎重には慎重を期さねばならない。

その場で饗応役を解任された光秀は、翌日には、備中高松城を囲む羽柴秀吉への援軍を命じられ、慌しく安土から去っていった。

翌十八日、饗応役が長谷川秀一に代わったと、信長から一方的に告げられた家康と信君は、今更ながら信長の厳格さに戦慄した。

この日は安土城の見学にあてられており、家康一行は秀一の案内で、絢爛豪華な安土城内を見て回った。

――あれほどの屈辱を味わわされれば、人として当然、信長を恨むはずだ。

光秀の今の地位は、信長の引き立てがあってのものである。だからといって重臣を下郎のように扱っては、織田家自体の威信も揺らぐ。

――そのくらいのことが、分からぬはずないのだが。

武田家を滅ぼしたことで、ただでさえ自信過剰だった信長が、さらに自己肥大化し始めているのは明らかである。

「己を見失った者の先行きは暗い」

かつて雪斎から教えられた言葉が、脳裏によみがえる。

雪斎は「己を知る」ことの大切さと、「己を見失う」ことの恐ろしさを語った。

「竹千代、いかに物事がうまく運ぼうが、それが己の力だと思うてはならぬ。たまたま天運が味方してくれたと思うのだ。己の力など微々たるものだ。それゆえ天運を逃がさぬよう、しっかりと摑まえておくことが大切だ。己を見失った時、天運にも見放される」

――大師様、肝に銘じておきます。

家康は心中、今は亡き雪斎に誓った。

隣を見やると、出家したばかりの信君の頭が、月光に照らされて光っている。その頭には、いくつもの汗の玉が浮かんでいた。

信君を凝視しつつ、家康が問う。

「つまり穴山殿は、織田家とて安泰ではないと仰せなのですな」

「いえいえ、とんでもございません。右府様の威風はすでに四海を払い、織田家の行く手に不安はありませぬ。ただそれがしは、家中の火種こそ最も恐れるべきものと言いたかったのです。今のお話は愚老の戯れ言として、お聞き捨て下され」

信君は齢四十二。家康より一つ年上とはいえ、いまだ老人とは言い難い。しかし信君は、自らを「愚老」と卑下して前言を取り消そうとした。

――此奴は、わしに謀叛を指嗾しておるのか。

甲斐一国が得られないと分かった今、家康を巨大にして、その余禄に与ろうとするのは、戦国を生きる者として当然のことである。

やがて大宝坊が見えてきたため、二人の会話はそこで終わった。

三

信君と別れた後、ようやく寝所に入った家康は、天井の節目を眺めつつ、甲州征伐に思いを馳せていた。

——右府様の戦歴の中でも、あれほどうまくいった戦はあるまい。

天正三年五月に勃発した長篠合戦の勝利によって、没落同然だった家康は生き返った。

反攻に転じた家康は、光明・犬居・諏訪原・二俣諸城を奪還ないしは攻略し、武田家との角逐の場だった東遠江でも、高天神城を残して武田方を大井川の線まで後退させた。

諏訪原城の奪取は、とりわけ大きかった。

これにより、大井川沿いに高天神城に後詰や補給しにくくなった武田方は、富士川を下り、駿河に出て、江尻、田中、小山、滝堺と続く駿河湾沿いの諸城を経由していくことになる。

その後、高天神城周辺で幾度か小競り合いを演じた両軍だったが、地の利を生かした徳川方が徐々に優勢となり、いよいよ家康は高天神城奪回に動き出す。

その最初の一手が、天正六年七月、高天神城の南西一里余に横須賀(よこすか)城を築いたことである。

この城は、高天神城攻略のための策源地(さくげんち)となる。

一方、武田勝頼は越後(えちご)国の内紛に介入し、家康の動きを掣肘(せいちゅう)することができなくなっていた。

越後の内紛とは、謙信(けんしん)没後の後継者争いのことである。

この年の三月、北条氏康(ほうじょううじやす)や武田信玄と共に東国の覇を競った上杉(うえすぎ)謙信が死去した。

謙信は後継者を指名せずに逝(い)ったため、景勝(かげかつ)と景虎(かげとら)という二人の養子の間で、跡目争いが勃発した。

後に御館(おたて)の乱と呼ばれる内訌(ないこう)である。

養子の一人の景虎とは、北条氏政(うじまさ)の弟・三郎(さぶろう)のことである。しかし、北関東制圧に多忙な氏政は自ら後詰に向かえず、代わりに勝頼に後詰を依頼した。

勝頼の許には氏政の妹が嫁いでおり、両国は堅固な同盟関係にあったからである。

二つ返事でこれを了解した勝頼は、越後まで出兵するが、敵対する景勝から圭幣（賄賂）を受け取り、和睦を取り持つことになった。実は、信玄以来の相次ぐ出兵により、武田家の軍資金は底をついていたのだ。

中立を保てば、氏政も文句が言えないと踏んだ勝頼だが、氏政も、そこまで甘くはない。結局、武田・北条両家は手切れとなった。

勝頼と手切れした氏政が家康に同盟を打診してきたのは、天正六年八月である。

これまで甲相両国は、一時的に敵対したことはあっても、密に連携して上杉謙信に当たってきた。その紐帯にひびが入ったということは、武田家が後顧の憂いなく徳川家と戦うという、これまでの状況が変わったことを意味する。

武田家を滅ぼす千載一遇の機会が到来した。

この機を逃さず家康も氏政に接近、双方は攻守同盟を締結し、それは、織田家も交えた三国同盟へと発展していく。

この攻守同盟は、すぐに実効性を伴ったものとなる。

天正七年の九月頃より、家康による東遠江から西駿河へかけての侵攻と、氏政による駿河東部の武田方諸城への攻撃が同時に始まり、勝頼は東奔西走させられる。

しかも両軍共に、勝頼の望む「無二の一戦」には及ばず、勝頼が来れば兵を引くことを繰り返し、心理的にも勝頼を焦らせることに成功した。

　十月、勝頼は北関東に出兵し、上野・下野両国で武田家健在を示したが、その間隙を縫い、家康は高天神城の周囲に着々と付城を築いていた。

　高天神城に接近した家康は、攻城用の堀をうがち、土塁をかさ上げし、その上に高塀を築くと、虎落を幾重にも結い、七重八重の大柵をめぐらした。

　しかも、一間に兵一人を置くという徹底した包囲態勢を布く。

　こうして作った包囲陣は、「城中よりは鳥も通わぬ計なり」（『三河物語』）という鉄壁の構えとなり、城兵の動きを封じることに成功した。続いて付城群の背後にも大堀を掘削し、勝頼の後詰にも備えた。

　一方、関東を荒らし回った後、甲斐府中に引き揚げてきた勝頼を待っていたのは、高天神城将・岡部元信の後詰要請である。

　岡部元信とは、かつて桶狭間合戦で最前線の鳴海城に踏みとどまり、今川家の瓦解を防いだ猛将である。今川家滅亡後は武田家に属し、長らく遠江戦線を支えてきた。

　一方、軍目付として高天神城に入っている横田尹松は、すでに高天神城が徳川方の完全な包囲下にあり、後詰に来ても返り討ちに遭うだけなので、見捨てるべしという意見を勝頼に具申していた。

この相反する二つの意見に勝頼は悩んだ。しかし結局、勝頼が後詰に赴くことはなかった。

天正九年三月、すでに兵糧も尽きた高天神城の将兵は、全軍で包囲網突破を図ったが、城将の岡部元信以下、戦える者のほとんどにあたる六百八十八人が討ち死にを遂げた。

この一報を受けた信長は、「勝頼は天下の面目を失った」と言って喜んだ。

味方の籠る支城を見捨てることほど、戦国大名の存立基盤を脅かすことはなく、罠だと分かっていても、後詰に赴くのがこの時代の常識だからである。

後詰が無理な状況に陥ったならば、支城を放棄して領国の線を下げるしかなく、この状況に至る前に、勝頼にも高天神城放棄の機会はあった。しかしそれをせず、城兵を見殺しでは、傘下国衆からも愛想を尽かされるのは当然である。

これにより、独立傾向を強めていた穴山信君も意を決し、家康に通じてきた。長篠合戦以後、家康に武田家の情報を流してきた信君だったが、遂に内応する肚を決めたのだ。

さらに天正十年正月、武田領国西端の木曾谷を守る国人領主・木曾義昌が信長に通じてきたことで、いよいよ信長は、甲州征伐を決意する。

二月、美濃口からは信長嫡男の信忠率いる三万、駿河口からは徳川家康三万、関東口からは北条氏政三万、飛騨口からは金森長近三千の軍勢が、怒濤のごとく武田領に押し寄せた。

この同時侵攻作戦に、武田方諸城は瓦解現象を起こし、信州伊那の高遠城以外は、戦いらしい戦いもせずに降伏、三月十一日、勝頼は甲斐東部の天目山麓で自刃して果てた。

これにより新羅三郎義光以来、連綿と続いた甲斐源氏嫡流・武田家は滅亡する。

家康の頭上に、長らくのしかかっていた重石が取れた瞬間だった。

子の下刻（午前一時頃）、そのことに気づいた家康は、衾を払って半身を起こした。

――待てよ。

――梅雪（信君の出家名）は必ずしも、わしを担ぐ必要はない。わしがいなくなれば、梅雪は右府様直臣として、さらに大きな果実を手にすることもできる。約束を反故にされたとはいえ、右府様は器量次第で、どのような者でも、いかようにも出頭させるお方だ。梅雪が大功を挙げれば、武田旧領を取り戻すことも夢ではないのだ。

「殿」

その時、庭先から家康を呼ぶ声がした。

「半蔵か、いかがいたした」

蒲団から這い出し、障子を開けると、庭先に服部半蔵が拝跪していた。

「穴山殿が安土の城に向かいました」

「この夜更けにか」

「はい」

大宝坊は本堂を中心にして、翼を広げるように左右に僧房が分かれている。それゆえ梅雪一行がひそかに僧房を出ても、一方の翼を宿舎とする徳川家中には気取られない。むろんそれも、半蔵がいなければの話だが。

家康は「なぜだ」と問いかけてやめた。半蔵は事実を告げてきただけであり、その理由を考えるのは、家康の仕事だからである。

「後をつけられぬか」

「つけるのは容易ながら、追えば織田の手の者に知られます」

言うまでもなく、安土城の周りには、織田家の草の者が張っている。いかに半蔵でも、その網に掛からずに梅雪の後をつけ、信長との会話を聞くことはできない。

彼らには彼らだけの世界があり、そこでは昼夜を問わず、丁々発止の駆け引きが続けられているのだ。

「そうだな。つけるのは無用にせよ」

「はっ」と言うや、半蔵が音もなく闇の中に消えた。

――かような夜更けに、右府様は、梅雪にいかなる用があるというのだ。よもや、わしに聞かせたくない話でもあるのか。

家康の胸底から、疑心暗鬼の黒雲が湧き出してきた。

それを力ずくで抑えた家康は、冷静になろうと努めた。疑心暗鬼ほど信頼関係に亀裂を生じさせるものはなく、それによって滅んでいった者は数知れないからである。かつて信長から摂津一国三十五万石を安堵されていた荒木村重は、本願寺に内通しているのではないかという疑いを信長に持たれ、安土に出頭を命じられた。

疑いを晴らそうと慌てて安土に向かった村重だったが、途中一泊した家臣の中川清秀の茨木城で、清秀と善後策を協議しているうちに疑心暗鬼に囚われ、結局、反旗を翻した。しかし反乱は無残な失敗に終わり、本拠の有岡城は降伏開城した。

村重本人は逃げおおせたものの、一族三十人余は言うに及ばず、重臣とその家族百二十二人、下級武士・中間小者・下女などを含めると、五百十人余が虐殺された。

疑心暗鬼の代償は、あまりに大きかった。

――約束を反故にしたので、右府様は、梅雪を懐柔しようとしておるのだ。

しかしそれなら、家康らが寝静まった後、梅雪だけを呼ぶというのも奇妙である。

家康は、湧き上がってくる不安を払拭しようと努めたが、不安は瞬く間に脳裏を支配し、家康をがんじがらめにしていった。

そうなると、もういけない。

蒲団をかぶっても睡魔は訪れず、家康は輾転反側しながら朝を迎えた。

翌日、あくびを押し殺しながら朝餉の座に着くと、早速、重次が言った。

「昨夜は、よく眠れたようですな」

重次一流の皮肉である。むろん家康の幕僚たちは、すでに半蔵から昨夜のことを聞かされているはずである。

「ああ、よく眠れた」

続いて重次は、憎々しい視線を投げかけつつ信君に問うた。

「穴山殿は、いかがでしたかな」

「ああ、はい」

うつむいたまま視線を合わせようともせず、信君が答えた。

「よく眠れました」

重次が「見ての通りです」と言いたげな顔で、家康に視線を据えた。

家康は「よせ」という意味で、わずかに頭を左右に振った。

家康が座に着いたので、雑掌や小僧たちが朝餉の膳を運んできた。汁物の湯気が朝日に照らされ、いかにもうまそうである。

皆、無言で食べ始めたが、家康は、ちらちらと信君の様子をうかがっていた。

信君は昨夜の事を一切、語らない。しかも信君の箸は進まず、心なしか、その顔にも迷いの色が表れている。

ちょうど食べ終わりかけた頃、長谷川秀一の来訪が告げられた。

朝餉の膳を片付けさせた家康は、家臣らを下がらせ、信君と共に秀一を迎えた。

秀一は、剃り上げられたばかりの青々とした月代を誇示するように現れると、如才なく問うてきた。

「朝餉の最中でありましたか」

「いえ、お気になさらず」

秀一は信長の寵童上がりで、目を見張るほど眉目清秀な上、諸事に気が利くので、小姓から近習そして奉行となった今でも、信長の寵愛を一身に集めていた。

「それはよかった。して本日は、右府様から言伝を授かってまいりました」

「はっ」と言って家康と信君が威儀を正すと、「いやいや、それほど畏まらずとも結構です」と返しつつ、秀一が媚びるような笑みを浮かべた。

衆道嫌いの家康でも、思わず見入ってしまうほど妖艶な笑みである。

──此奴は、寵童時代の癖が抜けないのだ。

「実は、お二人がご到着の日に、備中攻めをしている羽柴筑前から、右府様に後詰を請う早馬が着いたのは、ご存じの通り」

十五日、家康一行が安土に着くのとほぼ同時に、敵対する毛利方の備中高松城を囲む秀吉から、信長に後詰要請が届いていた。

「安土の城は出陣支度で慌しく、右府様も、お二人への饗応が行き届かず心を痛めておられます」

家康が「とんでもありません」と言おうとしたが、秀一が言葉をかぶせてきた。

「それゆえ、安土にいらしても面白くないのでは、とご心配なされ、京見物でもなされたらいかがかと仰せなのです」

「京見物、と仰せか」

思わず家康が聞き返す。あまりに意外な提案だったからである。

「お嫌でございますか」

科（しな）を作るように秀一が小首をかしげる。

「いえいえ、そんなことはありません」

家康は心中、頭を抱えた。安土までならまだしも、京まで行くとなると、道中、身を守るのは容易でない。

予想もしなかった申し出に、家康が困った顔をした時である。

「それは、結構なことですな」

それまで黙していた信君が、秀一に調子を合わせてきた。

「それがし、死ぬまでに一度でも京洛（きょうらく）の地に足を踏み入れたいと念じてまいりましたが、訪れる機（しお）もなく、無念に思うておりました。しかし、右府様のお許しが出たとあらば、大手を振るって参れます」

「それはよかった」

秀一が膝を打って喜んだ。

「で、三河様は、いかがなされますか」

「申すまでもなく、右府様のご厚意に甘えさせていただきます」

家康には、そう答えるしかない。

「よかった。この於竹、お側を離れず、ご案内仕る所存」

己を幼名で呼んだ秀一は、その秀麗な面に意味深げな笑みを浮かべた。

家康の全身に虫唾が走る。

信長お気に入りの小姓は、第一に仙千代こと万見重元、第二に於竹こと長谷川秀一と、長らく決まっていた。しかし、天正六年（一五七八）に重元が討ち死にを遂げた後は、秀一が信長の寵を一身に集めていた。

二十歳を過ぎても己のことを幼名で呼ぶこの美青年を、家康は毛嫌いしていたが、それを気取られてはたまらない。

家康は笑みを浮かべ、「万事、よろしくお取り計らいのほどを」と頭を下げるしかなかった。

秀一が引き取った後、徳川家中を集め、これから京見物に行くことを告げると、案に相違せず、非難の声が上がった。

酒井忠次は「なぜ断らなかったのか」と詰め寄り、石川数正は「ご病気になられよ」と、頭の皮一枚で思いついたような策を提案してきた。

本多忠勝に至っては、「これで合戦ですな」と言うや立ち上がり、脱出の手配りを始めようとした。

「静まれ！」

「出発は明朝」とだけ告げた家康は、憤然として座を払い、自室に引き籠った。

——こうなってしまえば、まな板の鯉ではないか。

安土に来たということは、信長の手中にいるも同じである。その中で騒いだところで、どうにもならない。

家康は覚悟を決めた。

四

五月二十一日、家康一行は安土を発ち、京に向かった。

京に至るまでの道筋には、ひそかに服部半蔵ら伊賀忍びを先行させ、先触れとして、本多忠勝に半里ほど先を進ませるという念の入れ方だった。

大津路を通り、粟田口から京に入った一行が南禅寺で昼餉を取っていると、徳川家の御用商人・茶屋四郎次郎清延がやってきた。

四郎次郎は三河国出身で、父は徳川家中の武士だったが、ゆえあって浪人し、京に出て商人となった。その後、事業に成功した父子は、室町幕府十三代将軍義輝から茶屋という屋号まで賜り、畿内を舞台に手広く商いを営んでいた。

今では、呉服や茶器といった日用品から、軍事物資まで扱う大商人となった四郎次郎だが、常に「徳川家とは一蓮托生」と言い、畿内や西国の動静を家康に流し続けていた。

四郎次郎は、家康の耳目も同然であり、京において、なくてはならない存在だった。

四郎次郎が「洛内に不穏な動きはなし」と家康に耳打ちしたので、一行は安堵して賀茂川を渡った。

三条通から洛内に入った一行は、この日の宿館となる妙顕寺に腰を落ち着けた。

この法華宗寺院は、北の二条通と南の三条坊門通、東の西洞院通と西の油小路通に挟まれた広大な寺域を有する大寺の一つだが、信長が上京を焼き打ちした後は、すっかり寂れ、四辺を田に囲まれた鄙びた寺となっていた。

ちなみに信長は、法華宗寺院を宿館としてよく利用した。後に大事件の舞台となる本能寺や妙覚寺も法華宗である。

というのも天文法華の乱以降、敵対宗派の攻撃を過度に恐れた法華宗では、寺院の四囲に堀をうがち、築地塀を高くし、城郭並みの構えを有していたからである。

こうした城郭寺院の一つである妙顕寺が宿館にあてられたということは、家康に「危害を加えるつもりはない」という信長の意思表示の気もするが、一千ほどの兵で攻められれば、守りようがないのも事実である。

「殿」

今にも崩れそうな門をくぐると、背後から本多重次に肩を摑まれた。

「この寺は田に囲まれておりますゆえ、見通しはよろしいのですが、焼き打ちには、もってこいとは思いませぬか」

肩越しに耳元で囁かれているのだが、声が人一倍大きいので、鼓膜が悲鳴を上げる。

「何が言いたい」

「焼き打ちしても、この寺だけが焼け、延焼を防げるというわけです」

不機嫌そうにそう言うと、重次は背後に下がっていった。

確かに、家康を殺すためにこの寺を焼いても、京全体に火は広がらない。

妙顕寺には数人の僧が住んでおり、客殿に入った一行は早速、煎茶を振る舞われた。

「さて、明日からのことですが――」

さもうまそうに煎茶を喫しつつ、長谷川秀一が切り出した。

「せっかく京までいらしていただいたのですから、名所旧跡を残らずご案内いたしましょう」

――余計なことを。

家康は心中、舌打ちした。

「ぜひ行っておきたい地はございますか」

「いや、とくに――」

家康が言いよどんでいると、傍らにいた穴山信君が横から口を挟んだ。

「せっかくですので、嵯峨野か鞍馬に行きたいのですが」

「それはよきお考え。この季節、京の町中は暑くてかないません。しかし緑豊かな嵯峨野か鞍馬なら、涼やかな風が吹いております」

「それがし暑いのは苦手ゆえ、ありがたいことです」

丸大根のような頭をかきながら、信君が大げさに笑うと、あたかも田舎田楽のように、秀一が大げさな相槌を打った。

「そうだ。そうしましょう。とくに鞍馬は、かの源義経公が修行した地でもあり、必ずやご満足いただけるはず」

——馬鹿を申すな。鞍馬などに連れていかれれば、人知れず殺される。

この時代の鞍馬は、鬱蒼とした木々が生い茂る草深い地である。

「それではそれがし、早速、休息所や昼餉の手配をしてまいります」

「お待ちあれ」

満面に愛想笑いを浮かべながら、家康が立ち去ろうとする秀一を引き留めた。

「何か不都合でも」

「いや、浜松から旅が続き、ちと腹の具合がよくないのです。できましたら、ここ数日を養生にあてたいと思うております」

「お体の具合がお悪いと仰せか。早速、法印か薬師を呼びます」

秀一が大げさに驚いた。

「いえ、それほどのことではありませぬ。ただ、しばし休息が取れればと——」

「いや、三河様がご病気にでもなられたら、それがしが責を受けます。手配だけでもさせて下され」

不承不承ながらも、家康はそれを了解した。秀一の立場からすれば、至極、当然のことであり、これ以上、拒否すれば、信長に何を告げ口されるか分からない。

「長谷川殿、それがしは、かような仕儀にあいなりましたが、穴山殿はお元気なようです。ぜひ穴山殿だけでも、鞍馬にお連れいただけませぬか」

「いえいえ、よき機会ですので、それがしも、ゆるりと休息させていただきます」

信君が汗の玉を浮かべて言う。

——此奴、先ほどまで、あれほど鞍馬に行きたいと申しておったのに、どういうことだ。

常は鈍い家康の勘が、けたたましく警鐘を鳴らした。

「よきご思案でござった」

その夜、家康の腹心だけとなった席で、忠次が珍しく家康を褒めた。

「よき思案とは、下手な誘いに乗らなかったことか」

「申すまでもなく」

「やはり梅雪は、腹に一物あると思うか」

「一物どころか、二物も三物もありますな」

重次が吐き捨てるように言う。

信君の様子がおかしくなったのは、十九日の夜、安土城に呼び出されてからである。

──そこで何か言い含められたか。

しかし今、それを忖度したところで始まらない。

「われらの知らぬところで、何かが進んでおるような気がする」

家康が爪を噛み始めた。

何かに思い悩んだ時に爪を噛むのは、幼少の頃からの家康の癖である。公の場では慎むようになったが、身内だけの場では、どうしても出てしまう。

「何かとは」

数正が不安げに膝をにじる。

「よからぬ企てよ」

「やはり右府様は、殿を害そうとしておるとお思いか」

「それは分からぬ」

首を左右に振りつつ、家康が親指の爪を食いちぎった。

「何が起こるかは分からぬが、まずは寺の四囲を固め、昼の間も門を閉じ、僧の出入りも厳重に取り締まれ」

「はっ」

家康の命を受けた三人が下がっていった。

翌日から家康一行は、ほとんど外に出なかった。

案に相違せず、寺の外では不穏な動きがあった。『泉堺紀事』によると、二十二日から二十四日のいずれかの夜、「物具堅めたる者」の姿を阿部善九郎正勝が寺の門前で認め、家康に報告したが、家康は「差し置け（捨て置け）」と言って、そのままにした。すると、夜更けて後、その姿は見えなくなったという。

誰かの命により、何者かが家康一行を監視していることは明らかである。深読みすれば、何らかの目的で、あえて具足姿を見せたとも考えられる。

こうしたこともあり、家康は、身を縮めるようにして寺の奥に引き籠っていた。

二十四日になると、さすがに病とも言っておられず、長谷川秀一に誘われるままに、家康一行は近隣の諸寺めぐりを始めた。むろん人出の多い大寺ばかりである。

二十四日と二十五日の二日間にわたり、東寺、東福寺、本圀寺、相国寺といった大寺をめぐった後の二十六日、秀一が、「都もそろそろ飽いたでしょうから、大坂に行きませんか」と提案してきた。

家康が、「ここで、右府様をお待ちするのではないのですか」と問うと、信長は遠征軍の編成に手間取り、なかなか安土を出陣できないという。

秀一の提案は信長の命に等しく、家康に拒否などできようもない。だが軍律の厳しい織田家の将兵が、信長の陣触れに即座に応じられないというのも奇妙である。

翌二十七日、家康一行は宇治まで下り、平等院などを見学した後、夕刻、伏見に戻り、そのまま船で大坂に下ることになった。

こうした場合、夜間の移動は最も避けねばならない。

家康は伏見に一泊すると主張したが、伏見には、よい宿泊施設がないとのことで、秀一にやんわりと断られた。

しかも秀一は所用で京に戻るとのことで、大坂では、同じく饗応役を仰せつかった菅屋長頼が待っているという。

つまり淀川を下っている最中、織田家の家臣は同道せず、家康一行だけとなる。

重次は「襲撃されるは必至でござろう」と憤激し、家康を押しとどめようとしたが、ここで姿をくらましたところで、信長の怒りを買うだけである。侃々諤々の議論の末、家康一行は結局、秀一の手配した船に乗ることにした。

家康一行百名余と穴山信君一行四十名余は、いくつかの船に分乗して大坂に向かった。

むろん襲撃を恐れ、すべての灯火を消しての川下りとなった。

川幅の広い淀川の中ほどを、すべての船灯りを消して進めば、不慮の事態に遭遇しても、対処のしようがある。

曇天で月も出ていない空の下、船団は粛々と川を下った。

「今、襲われれば、ひとたまりもないな」

狭い船内で、忠次と数正の二人と膝を突き合わせつつ、家康が呟いた。

「灯りという灯りを消し、川中を通っておりますゆえ、われらの船影は、岸からは認められぬはず」

「そうだとよいのだがな」

家康が、さも不安げに闇に包まれた淀川を一瞥した時である。突然、外が明るくなった。

「何をやっておる！」

己の指示が全く守られていないことに、家康は憤然とした。

「これでは、襲ってくれと言っておると同じではないか」

「見てまいります」

早速、揚げ戸から胴の間（甲板）に出た数正が連れてきたのは、本多重次である。

重次はどこで仕入れたのか、縅のすり切れた古甲冑で身を固めていた。

「作左、これはそなたの仕業か！」

「いかにも」

「そなたは、敵にわれらの居場所を知らせておるのだぞ」

「何を仰せか」

重次が、どかとばかりに家康の前に腰を下ろした。

「こそこそしておれば、敵は勇を得て襲ってきます。こうして堂々と守りを固めておれば、敵は気後れして襲って来られぬもの」

「とは申しても――」

口ごもる家康に代わり、忠次が問うた。

「作左、われらに内緒で、伏見で何かやっておると思ったら、古甲冑や武具を仕入れておったのか」

「とても物の役に立たぬ代物だが、夜目には十分に映える。伏見の商人め、かような代物にもかかわらず、われらの足元を見て高く売りつけおった。おかげで路銀が尽きたわ」

重次が高笑いした。

「何ということだ」

家康が頭を抱える。

一行の勘定方は高力清長が務めているが、重次に脅されて旅費のすべてを出していた。

「作左、こんなことを企んでおるなら、なぜ伏見で、われらに相談せなんだか」

家康がため息をついた。

「こうした策を事前に告げれば、到底、許されぬと思いましたからな」

「なぜだ」

「殿は小心でござるゆえ」

「作左、いくら何でも言葉が過ぎるぞ」

忠次がたしなめたが、重次は動じる風もなく言い返した。

「小平次、ここは戦場ぞ!」

重次は家中で長老格の忠次よりも二つばかり年下だが、遠慮はない。

しかも徳川家には、戦場では、上位者に対する無礼な物言いも許されるという仕来りがあった。

「作左、分かった。もうよい」

「しかし、殿――」

それでも食い下がろうとする忠次を重次が制した。

「小平次、これだけの騒ぎだ。敵がおるのかおらぬのか分からぬが、すでに、われらを見つけたはずだ。今から灯を消しても手遅れだ」

家康も意を決した。

「作左の申すように、このまま行くしかあるまい。敵を脅して襲わせぬようにするのも手だ」

「ようやく、お分かりいただけたようですな。それではこれにて」

重次は一礼すると、古甲冑のすれ合う音を残して、その場を後にした。

――作左の策にも一理ある。わしがこそこそとしておれば、それは配下にも伝わる。逆に堂々と振る舞っておれば、おのずと配下も肚をくるというものだ。

淀川を下る船灯りの列を眺めつつ、家康は苦笑した。

五

翌二十八日早朝、一行は大坂に着いた。京からは十里ほどの道のりだが、淀川を下ったため、それほどの距離を感じなかった。

事前に知らせてあったためか、早朝の到着にもかかわらず、菅屋長頼が船着場で待っていた。

長頼は長谷川秀一よりやや年上で、信長近習の序列では筆頭にある。

ちなみに、この年の正月に行われた左義長の行列では、近習の先頭は長頼で、堀秀政、長谷川秀一、矢部家定の順である。

早速、一行は、石山本願寺跡に設けられた仮陣屋で朝餉を取った。

すでに石山本願寺は紀州に退去した後だが、その際に、父の顕如に反発した教如が火をつけていったため、本願寺のあった上町台地北端部は焼け野原と化していた。

ようやくこの頃になって、大坂湾口を押さえるその立地に目をつけた信長により、急造の番城が構えられていた。

そこで休息していると、長谷川秀一が現れた。秀一は信長の意を受け、一行を追いかけてきたという。

秀一によると、堺の町を取り仕切る会合衆の今井宗久や津田宗及が、家康を接待したいと、かねてから信長に申し入れていたというのだ。

——今更、おかしいではないか。

かねてから申し入れていたのなら、それを事前に家康に告げるべきである。ましてや会合衆が本心から家康を接待したいなら、四郎次郎辺りを介して直接、言ってくるのが筋であり、信長に頼むのは、いかにもおかしい。

——わしは信長の家臣ではないぞ。

そう思ったところで、それは名目上のことにすぎず、衆目は実質的家臣ということで一致している。それを考えれば、信長を介して家康に会いたいと会合衆が言うのも、理にかなっている。

いずれにせよ、堺まで連れ回されるとなると、もはや身を守る術はない。

家康の心中には、開き直りのような気持ちが生まれていた。

——信長は、わしを持て余しておるのか。それならそれで面白い。家康をいかに殺すか、信長が頭を悩ましているとしたら、これほど愉快なことはない。

——どの道、まな板の鯉なのだ。

家康は堺に行くと秀一に告げた。

それを聞いて喜んだ秀一は、そのまま一行に随伴することになり、入れ替わるように菅屋長頼が京に向かった。

本願寺跡に設けられた臨時の宿館に一泊した一行は、翌二十九日早朝、堺に向けて出発した。

ちなみに、天正十年五月は閏月であり、二十九日までしかないため、この日が晦日にあたる。

大坂から堺までは陸路を取った。距離は三里程度なので、海路だと半刻もかからないが、河川と違って海は風が不安定なので、確実な陸路を秀一が勧めたためである。

秀一の用意した馬に乗った家康一行は、爽やかな海風の吹く中、大坂湾沿いの街道を南下し、途中、天王寺に詣でた後、住吉神社の会所で昼餉を取った。

住吉神社の前に広がる海は、天正六年、信長の鉄甲船が毛利水軍を破った木津川口と呼ばれる辺りである。

ここから、信長と共にその海戦を見物したという秀一の説明にも、熱が籠っている。

やがて一行の行く手に、かつての自治都市・堺が見えてきた。

永禄十二年（一五六九）、信長の圧力に屈した堺は自治都市の幕を下ろしたが、会合衆をはじめとした町衆の努力により、この頃には、かつての繁栄を取り戻しつつあった。

堺の表玄関である大和橋で家康一行を待っていたのは、織田家の堺代官（政所）・松井友閑である。

かつて友閑は足利将軍家奉公衆（直参）だったが、将軍家没落後、信長に仕え、出頭を遂げた利け者である。とくに茶の湯に精通し、目利きとして信長の「名物狩り」に手腕を発揮することで、頭角を現した。

この頃は、京都所司代の村井貞勝、右筆筆頭の武井夕庵と並び、織田家文官としての最高位に就いていた。

「よくぞ参られました」

友閑は使者として何度か三河に来たことがあり、家康とは旧知である。

友閑の姿を認めた家康は馬を下りようとしたが、友閑がそれを制した。

「下馬せず、このままお進み下さい。休息所の今井宗久方まで、それがしが案内仕ります」

「かたじけない」

友閑はその肉厚の顔に汗を滴らせ、馬の口を取らんばかりに、家康の馬前を歩んだ。

友閑のこうした心遣いこそ、信長が重用する所以である。

――武辺で稼げない者は、武辺者にはない知恵や気配りで稼がねばならぬのだ。

家康はまた一つ、学んだ気がした。

大和橋を渡り、一行は大小路を進んだ。

家康一行と知っているのか知らぬのか、堺の町衆は、さして関心なさそうに一行に一瞥をくれると、おのおのの仕事に戻っていく。

その眼差しには、鄙（田舎）から来た者への軽蔑がにじんでいた。

やがて宿院の四辻を曲がると、今井宗久邸が見えてきた。その豪壮な構えの店の前には、宗久をはじめとした会合衆が顔をそろえていた。


六月一日、竹林の中に敷かれた石畳を踏みつつ、今井宗久邸の中庭に設えられた茅葺屋根の四畳半茶室に入ったのは、家康、信君、友閑、そして宗久の四人である。

その草生した風情を漂わせる茶室の周囲には、かすかに新木の香りが漂っている。

一見、鄙びて見えるが、その草庵茶室が新築なのは明らかだった。

――見える部分にだけ古材を使い、見えぬ部分に新木を使う。これが侘というものか。

観察力が優れていれば、新築だと見抜けるはずであり、ある意味、家康を試しているとも言える。

「これほどの茅屋（ぼうおく）に、よくぞおいで下さいました」

今井宗久が、齢六十三とは思えない若々しい笑みを浮かべた。

その若き頃、茶道を武野紹鷗（たけのじょうおう）に学んだ宗久は、やがてその女婿（じょせい）となり、家財や茶器をことごとく譲り受けるという、茶人として幸運な出発を遂げた。その後、いち早く鉄砲に目をつけた宗久は、鉄砲と焔硝（えんしょう）の生産と販売にかかわることで、会合衆の中でも一頭地を抜く存在となった。

永禄十一年の信長上洛に際しては、すぐに信長に接近、堺に矢銭（やせん）を要求する信長と、それを拒否する会合衆との間を取り持った。この功により、信長お気に入りの一人となった宗久は、信長から様々な特権を与えられて莫大な富を築いていた。

この頃、宗久は千宗易（せんのそうえき）（利休（りきゅう））、津田宗及と共に、信長の茶頭（さどう）を務めている。

「それがしのような鄙人を、かような茶室にお招きいただけるとは、お礼の申しようもありません」

「何を仰せです。すでに三河様は、鉄砲などの取引で、われらの上客ではございませぬか」

家康は信長を通じて宗久と知り合い、すでに幾度も鉄砲や焔硝を購入していた。

「しかも、『三河殿に最上の接待をせい』という右府様の命でございます」

宗久が、上機嫌で点前の支度を始めた。

――何だと。

己の顔から血の気が引いていくのを、家康はまざまざと感じた。

この堺行きについて、長谷川秀一は「堺衆のたっての願い」と言ったが、宗久は信長の命だという。

心の中で早鐘が打ち鳴らされた。

ちらりと横を見たが、信君は何も気づいていないらしく、うつむき加減で、落ち着かない視線を宙にさまよわせている。

一方の松井友閑は、われ関せずといった様子で、宗久の所作を眺めている。

やがて、茶室の隅に置かれた茶釜から、白い湯気が立ち上り始めた。

唐物茄子茶入として名高い「みをつくし」を手にした宗久が言った。

「これは右府様御上洛の折、それがしから献上したものですが、右府様は『此度の接待で使え』と仰せになられ、お貸しいただきました」

「みをつくし」から適量の茶を茶碗に入れた宗久は、それを家康に回した。

「真に結構でございますな」

茶器などに毛ほども興味のない家康だが、しばらくそれを撫で回した末、いかにも惜しげに下座の信君に渡した。

「これは眼福でござる」

家康から「みをつくし」を渡された信君は、頭上に頂くようにしてそれを手に取り、しきりに誉めそやしたが、物売りの口上のような、その空疎な言葉の羅列を、家康は聞き流した。

――やはり間違いない。

言葉の些細な食い違いから、家康は信長の真意を見抜いた。

家康は、信長の意思で堺に送られたのだ。おそらく信長は、自らの命だろうが、堺衆の願いだろうが、家康を堺に送ることができれば、どちらでもよかったに違いない。しかし小才子の秀一が気を利かせ、「堺衆のたっての願い」と言ったため、宗久の言と齟齬を来したのだ。

――豎子め。

信長の命により、安土から京へ、そして大坂から堺へと、秀一が家康を連れ回しているのは明らかである。

やがて、家康に茶碗が回されてきた。

下座の信君と友閑に軽く会釈し、家康は茶を喫した。

すでに胸内には不安が渦巻き、味を楽しむどころではない。

「いやいや、大名物の白天目で茶がいただけるとは、この梅雪、思い残すことはありません」

家康から茶碗を回された信君が、大げさな声を上げた。

家康は気づかなかったが、宗久が使った茶碗は、名物中の名物「白天目」だった。

「よくご存じで」

宗久が満足げな笑みを浮かべる。

「それがし、あまりに茶が美味なので気づきませなんだが、白天目でしたか」

家康が、「うっかりした」とばかりに後頭部に手をやった。

「さすがの三河様も、梅雪様の数奇ぶりにはかないませぬな」

友閑がすかさず一言入れたので、座の空気が和んだ。

「いやいや、堺で茶会があると告げられてから、にわか仕込みで学んだだけです」

信君が、丸大根のような頭をしきりに撫で回した。

——此奴。

秀一から堺に行くと告げられてから、家康と信君はずっと一緒だった。家康の目の届かぬところで、信君が茶器の知識を仕入れていたとは、到底、思えない。
——ということは、梅雪はもっと前に、堺に行くことを知っていたのか。
家康は、下手な役者たちの田舎芝居を見ているような居心地の悪さを味わってい
た。

やがて、今井邸で昼餉を取っていた一行の許に、どこかに出かけていたらしき秀一
が戻ってきた。
「おくつろぎのところを申し訳ありませぬが、右府様が入洛いたしました。つきまし
ては、すぐに備中に向けて出陣なさるそうで、今日のうちに京にお越しいただきたい
とのこと」
——何だと。
家康が何か言おうとする前に、友閑が戸惑ったように反駁した。
「それは、あまりに性急ですな。長谷川殿もご存じとは思いますが、明日は津田宗及
殿の茶会、明後日はそれがしの茶会と、予定が詰まっております」
今井宗久だけに接待させ、同格の茶頭の津田宗及にさせないわけにはいかず、また
友閑の茶会と夕餉は、家康一行と堺代官所の面々との顔合わせであり、予定から外せ

ないというのが、友閑の主張だった。

「またの機会ということもございます」

秀一は、いかにも「空気を読め」と言いたげに頰を膨らませている。

「お待ち下さい」

笑みを浮かべつつ、家康が間に入った。

「右府様の命であれば、すぐにでも京に向かわねばなりませぬが、それがし、このところ体調がすぐれず、今日のところは、ここ堺でゆるりと茶会でも楽しみたいと思うております」

秀一の勧めに従い、午後になってから堺を後にしては、どんなに急いでも、途次に日が暮れてしまい、極めて危険な道中となる。

それゆえ家康は、明朝の出発を譲るつもりはなかった。

「それでは、それがしが右府様に叱られます」

秀一が、さも困った顔をした。

――そなたが叱られようが、わしの知ったことではない。こっちは、命が懸かっておるのだ。

内心とは裏腹に、家康は笑みをたたえて言った。

「右府様には、それがしから陳謝いたしますので、長谷川殿はご心配なく」

「致し方ありませぬな」

秀一が渋々、同意した。

「それではせっかくですので、本日中に津田殿とそれがしの茶会を済ませましょう」

友閑が、気まずい空気を払拭するように言った。

「津田殿には、それがしからこの旨、伝えますゆえ、ご心配には及びませぬ」

友閑は一同に挨拶すると、夜の茶会の支度のため、その場を後にした。

その背に、秀一の憎々しげな視線が投げられた。

どうやら友閑には、何も知らされていないようである。

六

近習の井伊直政を呼んだ家康は、明朝、京に向けて出発する旨を家臣たちに伝えさせると、午後、津田宗及邸に向かった。

津田邸は、堺の目抜き通りである大小路沿いにあり、今井邸よりも、さらに豪壮な構えの大邸宅である。

天王寺屋津田宗及は、堺の豪商・天王寺屋の嫡男に生まれ、その商いを発展させると同時に、今井宗久や千宗易らと共に、茶の湯の道を究めた数奇者の一人である。

津田邸で滞りなく昼会を終えた一行は、その足で、今夜の宿館である松井友閑邸に向かった。

宗久と宗及も一緒である。

友閑の点前により型通りの夜会を終えた後、一行は夕餉の座に着いた。

脚付きの膳には、鯛の焼き物、鮭の氷頭膾、雁に松茸の吸い物、大根にそぼろを載せた汁物、大根・牛蒡・茄子・瓜四種の味噌漬けなどが並べられていた。

最後に冷麦と煎餅が出され、一同は満腹となった。

しばしの間、歓談していると、信君が厠に立った。

家康が背後の直政に目配せすると、直政は、さも所用があるかのごとく座を立ち、次の間に消えた。

政治と軍事についての話題は意識的に避けられているらしく、宗久と宗及は名物自慢を始め、しまいには、それぞれの屋敷に名物を取りに行かせて、見せ合うことまでした。

大坂を発ってから休みらしい休みを取っていない家康は、早く寝所に引き取りたかったが、主賓としてそうもいかず、笑みを浮かべて、数奇者たちの自慢や薀蓄に耳を傾けていた。

　朝昼夜と三回の茶会をこなした家康が、ようやく解放されたのは、亥の下刻（午後十一時頃）を回った頃である。

　湯浴みをし、ようやく家臣たちの待つ部屋に入ると、すでに本多重次は柱に寄りかかって大いびきをかいていた。

「あっ、すぐに起こします」

　こちらも艪を漕いでいたらしい石川数正が、慌てて顔を上げた。

　酒井忠次は起きていたが、家康に見向きもせず、刀の柄巻を直している。

　三人は、家康が来るのをずっと待っていたらしい。

「殿は、茶の湯数奇になられたようですな」

　手を休めずに忠次が皮肉を言う。

「馬鹿を申すな。大名たる者、こうした付き合いも大事なのだ」

　憤然として家康が上座に着くと、重次が大きな伸びをしつつ言った。

「この切所に、真にのんきなことですな」

「こうなってしまっては、じたばたしても同じことだ。それなら腰を据えて、数奇者どもの茶の湯話でも聞くほかなかろうに」

家康の言葉に三人がどっと沸いた。

――わしの苦労など、そなたらには分からぬ。

風がないためか、堺の夏は蒸し暑く、すぐに汗がにじんでくる。とくに窓一つない次の間の暑さは、ひとしおである。

三人は、いまだ湯浴みをしていないらしく、顔は脂で光っている。

「ここで、どれほど待った」

「ほんの一刻（約二時間）ほど」

今度は、重次が皮肉を言った。

「して、どうする」

「茶屋四郎次郎の使者が先ほど参り、信長の本能寺来着を告げてきました」

石川数正が如才なく報告する。

「どうやら右府様入洛は真のようだな」

「しかし馬廻衆を連れておらず、小姓、近習、女房を合わせても、百五十人ほどとか」

「何だと」

「しかも公家を招き、茶器を見せたり、本因坊算砂を招き、囲碁に興じたりとか」

――右府様は、わざとそうした姿を見せておるのではないか。

信長が無防備な状態で京に入ったということは、それなりに理由があるに違いない。

――すなわち、わしを安堵させて京に招くということか。

信長は、茶屋四郎次郎をはじめとした徳川家中も同然の者たちが、信長の動向を家康に流していることを知っている。それゆえ、あえてそれを逆手に取っているのだ。

「殿、堺にいる限り、御身は無事。この場は病気にでもなられたことにして、明日の京行きは取りやめになされよ」

数正が、その長い顎を突き出すようにして言う。

「それができるなら苦労はない。だいいち右府様が、わしの命を狙っているという確証はどこにもないのだ。それを疑って仮病など使えば、右府様は癇癪を起こし、失うこともない命を、あたら失うことになる」

「ご尤も」

柄を巻き終わった忠次が刀を置いた。

「しかし、確証があったらいかがいたします」

「まさか」

三人の顔を見回したが、どの顔も笑っていない。

「話してみろ」

爪を嚙もうとして口に持っていった指を、家康は膝に置いた。

「先ほどの夕餉の際に、梅雪が中座したのはご存じの通り」

井伊直政を経て、服部半蔵に信君の後をつけるよう指示したのは、誰あろう家康本人である。

「あの時、梅雪は本当に厠に立ったらしいのですが、厠から出たところで、誰かに呼び止められたらしく、別室に向かいました」

「それは誰だ」

「滝川三郎兵衛」

忠次が険しい顔つきで言った。

「滝川三郎兵衛とは、茶筅に付けられている伊勢の坊主か」

茶筅とは、信長次男の信雄のことである。

「今は坊主ではありませぬ」

数正がどうでもいい指摘をしたので、家康は眼差しで黙らせた。

伊勢北畠家の家老職を代々務める木造家の庶流に生まれた滝川三郎兵衛雄利は、伊勢国に信長の圧力が強まるに従い、信長に与することを主張し、木造家を掌握すると、信長の許に馳せ参じた。

そして織田方を先導し、主家である北畠家を討つことに加担する。その功により、北畠家に養子入りした信長次男・信雄の家老に抜擢された雄利は、天正九年（一五八一）に勃発した第二次天正伊賀の乱において、伊賀惣国一揆の掃討に貢献し、信長父子から絶大な信頼を得ていた。

この頃の雄利は、織田傘下に転じた一部の伊賀衆を使い、信長と信雄の裏の仕事を引き受けていた。

つまり雄利は、服部半蔵と同じ立場であり、雄利が堺に姿を現したということは、何かが起こることを意味している。

「間違いないか」

「半蔵が、同郷の三郎兵衛を見誤ることはありませぬ」

厳密には服部半蔵は伊賀の出なので、伊勢の木造家出身の雄利と同郷ではないが、二つの国は地理的にも文化的にも密接な関係にあるので、他国者には伊勢も伊賀もない。

「して、二人は何を話していた」

「そこまで分かれば、苦労は要りませぬ」

重次が大あくびをしつつ言った。

「殿、よろしいか」

忠次が、家康の膝に触れんばかりに膝を進めた。

「三郎兵衛が動いているということは、信長は、間違いなく殿を亡き者にしようとしております」

「しかし、たまたま何かの連絡で来たというだけではないか」

数正が長い顎を左右に振った。

「松井友閑や長谷川秀一に会ったというのならまだしも、三郎兵衛が梅雪に、何の用があるというのでしょう」

家康の寄子国衆である信君と滝川雄利には、どう考えても接点がない。

「能の筋書きが読めてきましたな」

忠次が、その皺深い口端に笑みを浮かべた。

「此度の安土への招きは、殿を亡き者にしようという信長の企てに相違なし」

「つまり、わしを京、大坂、堺と連れ回し、その道中で討ち取ろうということか」

「いかにも」

数正が話を引き取った。

「野盗(やとう)か野伏(のぶせり)の仕業に見せかけ、その実、三郎兵衛に討ち取らせようという算段でござろう」

「まさか」

「そう考えれば、これまでのことは、すべて筋が通ります」

確かに、野盗か野伏の仕業なら信長の名声に傷はつかず、家康は、不運な男として歴史の闇に消えていくだけである。

——馬鹿馬鹿しい。

己のような凡庸な男一人を討ち取るために、信長がその頭脳を振り絞り、策謀をめぐらすなど、家康には考えられない。

——わしの命がほしいなら「死んでくれ」と頼めばよいものを。

かつて家康は、信長の命を受けたも同然で嫡男の信康を殺した。あの時は徳川家を守るためと、己に言い聞かせたが、よく考えれば己の命を守るためだった。

——わしは息子さえ守れぬ男だ。

その苦しみを思えば、あの時、死ぬのは信康でなく、己の方がよほどましだった。

「しかし、それだけで信長を疑うのは早計かもしれませぬ」

数正が眉間に皺を寄せる。

「ここまで明らかになっておるのに、それでも、そなたは信長を信じるのか」

重次が食ってかかったが、忠次が軽くいなした。

「作左、早計は禁物だ。あらぬ疑いをかけ、信長の機嫌を損ねてしまうことだけは避けねばならぬ」

「ではどうする」

「とりあえず病気ということにし、その間に三河から堺に軍船を回し――」

数正の言を家康が遮った。

「堺には、織田方の軍船が船掛かりしておる。そこにわれらの軍船を招き入れれば、海戦になってしまう」

「それでは、信長の命ずるままに京に行かれるのか」

「ああ、それが右府様の望みなら、その筋書きに乗ってやろう。ただし――」

家康が意を決したように言った。

「その前に、三郎兵衛を捕らえられぬか」

「何と――」

三人が顔を見合わせた。

堺郊外にある廃屋に入ると、ほのかな灯火の下、滝川雄利が柱に縄掛けされていた。服部半蔵と死闘を演じたらしく、額や唇から血を滴らせている。

その周囲には、厳めしい顔つきの家康の家臣たちが取り巻いている。

さすがの半蔵も捕らえる時に手傷を負ったらしく、この場にいない。

「三郎兵衛、わしを殺そうとしたな」

常にないほど険しい声音で家康が問うても、雄利は横を向いて何も答えない。

「そなたがだんまりを決め込んでも、右府様は、そなたを救ってはくれぬぞ」

家康が、傍らで震えている長谷川秀一に顔を向けた。

「のう、長谷川殿」

「ああ、はい」

すでに顔面蒼白となっている秀一がうなずいた。秀一は縄掛けこそされていないが、家康の家臣に両腕を取られている。

「さて、三郎兵衛、今更、しらばくれても無駄だ。右府様から、いかなる命を受けたか話してもらおう」

雄利が、その岩塊（がんかい）のような頬骨（ほおぼね）を誇るように反らすと言った。

「話すことなど何もありませぬ」

「話したくなければそれでよい。ここでそなたと長谷川殿を殺し、われらは脱出するだけだ」

秀一が、「ひい」という声を上げて泣きじゃくった。

一方の雄利の面にも、わずかばかりの焦りが表れている。

これまでの雄利の生き様を考えれば、信長に忠義だてなどするはずなく、結局は利に転ぶと、家康は見切っていた。

しかも雄利と秀一を捕らえた時点で、二人を殺して口を封じない限り、信長に反旗を翻したことになり、もはや後戻りはできない。

「話せば命を助けていただけるか」

そのことに気づいたらしく、ようやく雄利が歩み寄ってきた。

「ああ、ただし一働きしてもらう」

「致し方ありませぬな」

すでに開き直ったのか、雄利が、その浅黒い面に陰険（いんけん）な笑みを浮かべた。

翌六月二日、日の出と同時に起き出した家康は、信長の待つ京に向けて、出立の支度を調えていた。

「万千代、平八は、もう出たか」

「はい、空が白み始める前に、三郎兵衛を伴って京に向かいました」

万千代こと井伊直政が答えた。

「長い旅路になりそうだな」

直政の用意した旅装束に着替えつつ、家康が呟いた。

「長いと申されますと」

家康に革足袋を履かせつつ、直政が問う。

「いや、なぜかそんな気がしただけだ」

朝餉の座に着くと、何も知らない松井友閑と穴山信君が待っていた。真っ青な顔をした長谷川秀一も交えて朝餉を取ると、家康は、そそくさと座を払った。

厠に入ろうとすると、庭先に半蔵が控えている。

「半蔵、大儀であったな」

「はい、さすがにてこずりました」

「手傷は大丈夫か」

「何ほどのこともありませぬ。それより、穴山殿をいかがなされますか」

「捨て置け」

半蔵はうなずくと、音もなく歩み去った。

雄利によると、梅雪は、家康を人気ない場所に誘い出す役回りだった。安土に滞在していたあの夜、信長から命じられたというのだ。

——馬鹿な男よ。

確かに、信長に脅されれば信君に選択肢はない。しかし家康が殺されるということは、それほど遠くない先に、信君も処分されるのは確実だ。それに気づかないのは、やはり愚かである。

——わしならどうするか。

家康は、それを考えようとしてやめた。

今は、この窮地を脱する方策を考えるだけである。

やがて家康が松井邸の前に出ると、出立の支度を調えた家臣たちが待っていた。

「いよいよ死出の旅路ですな」

鐙(あぶみ)に足を掛けた家康の尻を押し上げつつ、忠次が戯れ言を言う。

「どのみち、いつか人は死ぬのだ」

「そのお覚悟があれば、必ずや運は開けましょう」

　忠次が頼もしげに笑った。この時、四十一歳の家康にとって、五十六歳の忠次ほど頼りになる存在はいない。

　辰（たつ）の上刻（午前八時頃）、堺を出た家康一行は、東へと道を取り、平野（ひらの）に至った。

　ここまでは、とくに不穏な動きはなく、小半刻ほど休息した後、一行は再び京への道をたどり始めた。

第四章　窮鼠の賭け

一

堺を出発した家康一行は、平野を出て八尾を過ぎようとしていた。

「殿、八尾ですぞ」

本多重次が馬を寄せてきた。

「ああ、もう飯か」

「いやいや、せっかくなので、飯は飯盛山で食いましょう」

「あれは飯盛山と呼ぶのだぞ」

「それを知った上で言っております」

重次の戯れ言に、家康は相好を崩した。

すでに肚を決めてしまった今となっては、家康の心には一点の迷いもない。それが家臣たちにも伝わり、ある種の開き直りが生まれつつあった。

──どうせしくじっても、取られる命は一つだけだ。

小心で思い悩むことが仕事のような家康だが、開き直れば、無類の粘（ねば）りを発揮する。それは、三河（みかわ）武士すべてに共通することでもある。

「しかし殿、これほどの大掛かりな策が、果たしてうまくいきますかな」

「うまくいくかどうかは分からぬ。分かっておるのは、われらにはこれしか手がないということだ」

やがて前方に、鬱蒼（うっそう）とした緑に覆われた飯盛山が見えてきた。

──思えば、よくぞ峠（とうげ）を一つひとつ越えてきたものだ。峠を前にする度に、もう越えられぬと思いつつも、わしはあきらめなかった。足元を見ながら一歩、一歩進んでいると、不思議と峠を越えているのだ。

考えてみると、家康には、そうした生き方しかできないのだ。

一つの厄介事（やっかいごと）を解決すると、すぐに次の厄介事が現れる。どの厄介事も、初めはとても解決できないと思うのだが、必死に考えていると、どういうわけか突破口が見えてくる。その繰り返しによって、わしは何とか生き延びてきたのだ。

──おそらくこれからも、そうして生きていくしかないのであろうな。

家康は自嘲した。

家康一行が、飯盛山に掛かろうとした時である。

後方から穴山信君が馬を寄せてくると、「それがし下血の病（痔疾）がひどくなり、しばし休みを取りますゆえ、先に行って下され」と告げてきた。

これにより、襲撃予定地が飯盛山であるという、三郎兵衛の話が裏付けられた。

――少なくとも、三郎兵衛は偽りを申しておらぬ。

信長の描いた筋書きによれば、家康一行が飯盛山の頂辺りに差し掛かったところで、雄利らの扮した野盗に襲わせる。ここで、徳川家中のほとんどは討ち取られるはずだが、わずかな者は、飯盛山南麓に逃れようとする。それを南麓で待ち受ける穴山勢が、討ち取るという段取りである。

――さすが右府様、周到な策だ。

家康は、あらためて信長の聡明さに感心した。

「三河様、よろしいか」

われに返った家康が顔を上げると、信君が、丸大根のような頭に汗の玉を浮かべている。

——右府様、策は見事ですが、仕手（役者）の人選を誤られたようですな。

「分かりました。この辺りは、野盗や野伏が多いと聞きます。手練れぞろいの穴山殿ご一行とはいえ、くれぐれもご油断めさるな」

家康の皮肉に、頬を一瞬、引きつらせた信君だったが、困ったような笑みを浮かべて後方に戻っていった。

やがて飯盛山中に入った一行は、何事もなく山を下り、北麓にある飯盛宿に入り、昼餉の休息を取った。

ここで、忠勝からの報告を待つという手はずである。

「於竹を連れてこい」

家康の命に応じ、長谷川秀一が連れてこられた。

「於竹、すでに右府様は、この世におられぬはずだ」

「ああ……」

秀一がその場に突っ伏し、嗚咽を漏らした。

「これもすべて、右府様の身から出た錆だ。これからは、その忠義を、わしのために使ってくれぬか」

「えっ」

近習の差し出す薬湯を喫しつつ、家康は、慈愛の籠った眼差しを秀一に向けた。

「そなたの気持ちはよう分かる。そなたをことのほか可愛がった右府様への恩義も分かる。しかし、ここは生きておる者どうし、共に生き残る道を探ろうではないか」

「と、仰せになられますと」

「そなたは、われら山出しの者たちより、よほど世事に通じている。これからどこに行くにしても、伝手には事欠かぬはずだ。それを生かしてほしいのだ」

「あっ、はい」

ようやく秀一にも、家康の言わんとしていることが分かってきたようである。

その時、北方の街道から馬蹄の音が聞こえると、土煙が見えてきた。

本多忠勝である。

「殿！」

ひらりと馬を飛び下りた忠勝は、家康の前に拝跪した。

その背後には、忠勝の配下に囲まれた滝川雄利や茶屋四郎次郎も控えている。

「事は首尾よく行きました」

「真か」

茶屋四郎次郎が進み出た。

「右府様は、間違いなく惟任により討ち取られました。それがしは本能寺の近くまで行き、それを確かめてまいりました。しかも慌てた惟任は、踏ん切りをつけたらしく、二条御所に籠る城介様（信忠）も攻め、討ち取った模様」

惟任とは明智光秀のことである。

「よし！」

家康が床几を蹴って立ち上がった。下知を待つ家臣たちの目が、すべて家康に向いている。聞こえているのは、秀一の嗚咽だけである。

「三郎兵衛をここへ」

忠勝が背後に目配せすると、兵に両腕を取られた雄利が、家康の前に拝跪させられた。

「三郎兵衛、そなたの申したことは真であった。よってすべての罪を許す。これからは、わしのために働け」

「はい」と言いつつも、雄利が複雑な顔をした。

「さて、ここからが切所だ」

「仰せの通り」

忠次が大きくうなずく。

「何としても三河に帰るぞ！」

「応！」

家臣たちは慌しく出発の支度を始めた。

二

武田家が滅んだことで、信長にとって家康は用済みとなった。それどころか織田家の天下のために、一転して邪魔者となったのだ。

そこで信長は、家康を安土に呼び出して討ち取ることにした。しかし、いかに信長とて世間の耳目を気にはする。

天下を統べる者が、何の大義名分もなく、忠実な同盟相手を殺すわけにはいかないからだ。

それゆえ長谷川秀一と穴山信君を使い、家康一行を人気ない山中に誘い出し、野盗か野伏の仕業に見せかけ、滝川雄利率いる甲賀者に討ち取らせることにした。

ところが、家康一行は隙を見せない。家康家中が過度に用心深いからである。

しかし信長は、それをも想定して二段構えの策を講じていた。すなわち自らを囮とし、家康をおびき出し、軍勢によって家康を討ち取る策である。

その指揮官に指名されたのが明智光秀だった。

五月十七日に安土で行われた饗応の座で、家康に供した魚が腐っていることを理由に、信長は光秀を足蹴にした。これにより饗応役の任を解かれた光秀は、羽柴秀吉の後詰として備中に向かうことになる。

実はこれこそ、二人が仲違いしたことを家康に知らしめるための狂言だった。

これにより光秀は、堂々と兵を集めて出陣の支度ができる。

饗応の座で面目をつぶされた光秀が本能寺を襲撃し、恨み骨髄の信長を討ち取ろうとしたが、信長は脱出に成功する。ところが偶然、居合わせた家康が、不幸にも討ち取られたという筋書きである。

光秀には、「しばし、ほとぼりを冷ました後、重臣に復帰させる」と言えば済む。元々、信長の家臣に拒否権などなく、信長の命に従わねば、それで終わりなのだ。

尤も信長は、光秀に家康を討ち取らせた後、安土の兵を呼び寄せ、光秀をも討つつもりでいた。さもないと、光秀に弱みを握られたままになるからだ。

天正十年五月二十九日、信長は小姓、近習、女官だけを連れ、本能寺に入った。

馬廻衆をはじめとした直属軍は、安土に残したままである。あえて無防備にしておかないと、堺にいる家康が警戒して来ないからである。

信長の筋書きでは、六月二日、家康と面談した後、本能寺に宿泊する家康一行を残し、信長はひそかに寺を脱出する。それを見届けた滝川雄利が、京の西端・唐櫃越まで甲賀者を走らせ、烽火を上げるという手はずだった。

烽火は飛火とも呼ばれ、この時代、唯一と言っていい夜間連絡手段である。その仕組みは、火台の上に造られた撥ね釣瓶の先端に火串と呼ばれる籠を付け、その中に干し茸と松脂のしみ込んだ根を入れ、火をつける。すると、焚き火など比較にならないほどの激しい炎が巻き起こる。

天気のよい夜間であれば、烽火は、二里ほど先からでも見えたという。

唐櫃越には、京と亀山方面の連絡のため、昼と夜の連絡手段である狼煙と烽火を、いつでも上げられる常設の火台があった。

唐櫃越から烽火を上げることが、本能寺から信長の脱出が完了し、家康だけが宿泊しているという合図となる。

亀山城から一里東の王子辺りまで来ていた光秀は、これを確認した上で、丹波街道を使って老の坂を越え、下京から洛内に入り、本能寺を襲うという筋書きである。

――右府様、見事な策でした。

家康は、すでに冥途への道を歩んでいるはずの信長に語りかけた。

雄利から謀略の全貌を聞いた家康は、それを逆手に取り、本多忠勝と雄利を唐櫃越に走らせ、烽火を上げさせた。

雄利を連れていったのは、雄利の話が偽りだった場合、その場で殺すためである。

烽火を上げた後、忠勝らがそこにとどまっていると、多くの松明が、丹波街道を東に向かうのが見えた。これにより雄利の言葉が裏付けられた。

丹波街道とは、唐櫃越の南を走る主街道のことである。

京に入った光秀は、躊躇なく本能寺に攻め入った。むろん配下の者どもには、本能寺の内にいる者は、誰彼構わず討ち取るよう命じている。

しかし、本能寺にいたのが家康ではなく信長と分かった時、光秀は蒼白となった。

信長を殺した後、「手違いでした」と信忠や秀吉に弁明したところで、彼らは謀略を知らされておらず、光秀が許されるはずがない。

「それなら」とばかりに瞬時に謀叛を決意した光秀は、二条御所に移った信忠をも討ち取った。

――右府様、凡庸なわしを侮りましたな。

それでも、家康は複雑な思いを抱いていた。信長という重石を取り除いてみたところで、どこからか新たな重石が湧き出てくるに違いないからだ。

――それならそれで構わぬ。頭上の重石がなくなるまで、わしは、一つずつ丹念に取りのけていくだけだ。それを繰り返していれば、いつの日か、己の頭上に重石はなくなる。

その時、石川数正がやってきた。

「殿、服部半蔵によると、遅れていた梅雪一行が、間もなくここにやってきます」

「そうか。梅雪めがどのような顔をするか、見るのが楽しみだな」

梅雪は、すでに家康が始末されたと思い込んでいる。

日が中天に達する頃、穴山信君一行四十名が恐る恐るやってきた。

家康が無事でいると知った信君は、何とも間の悪い顔をしている。

「穴山殿、大変なことになりましたぞ」

大げさに驚いたふりをして、家康が本能寺の一件を伝えると、信君は蒼白になった。

「それは真でございますか」

「どうやら、右府様が討ち取られたのは、間違いないようです」

「ということは、三河殿も、天下取りに名乗りを上げるおつもりか」

「とんでもない。それがしは、右府様の御曹司(おんぞうし)たちをお守りするだけです」

家康は、心にもないことを言う己が可笑(おか)しかった。

「それでは向後(こうご)、いかがなされるおつもりか」

「まずは帰国し、東国の兵を募った上、都に上って逆賊惟任を討つつもりです」

「ぜひ、それがしもお連れ下され」

家康の袖(そで)にすがらんばかりに、信君がにじり寄る。

「穴山殿のご助力があれば、万に一つも惟任を討ち漏らすことはありますまい」

「それがし徳川勢の先陣を承り、捨て石となっても構いませぬ」

——よく言うわ。

表裏者は世の中に多いが、ここまであからさまだと怒る気も失せる。

「しかし、いかにしてここから、ご帰国なされるのか」

「伊賀(いが)の山中に入り、伊勢(いせ)に抜け、船で三河を目指そうと思うております」

「伊賀越えと仰せか」

侃々諤々(かんかんがくがく)の議論の末、家康家中は、伊賀越えの道を行こうとしていた。

飯盛山の先で道は分岐しており、北に進めば枚方を経て京に向かうことになるが、東の道を選べば、尊延寺宿を経て山城国に入り、木津川を渡って宇治田原に抜けられる。そこから近江国の南端を通過し、伊賀の北端を横断、伊勢に至る。伊勢に出て船の手配さえうまく行けば、海路、三河に渡るのは容易である。

この経路の中で、最大の難所となるのは伊賀越えである。

天正九年、「五百年乱不行之国」（『多聞院日記』）を謳歌してきた伊賀国は、信長による伊賀征伐（第二次天正伊賀の乱）により焼け野原とされ、国人たちの大半は撫で斬りにされた。しかし今でも、草深い山里に身を隠し、信長に復仇を誓っている者は多い。

信長の盟友だった家康が、わずかな供回りだけで伊賀に入ったと聞けば、彼らは、ここぞとばかりに襲ってくるはずである。

——その死地に、われらは入ろうとしておるのか。

それが、吉と出るか凶と出るかは分からない。ただ一つ言えることは、しょせんどの道を選ぼうと、安全な道などないということである。

石川数正が枯枝で絵図を叩いた。

「殿、道は二つだけ。このまま北上すれば、惟任の好餌となるは必定。よって枚方に向かうのは論外。しかし東に進めば、伊賀の一揆（地侍）に襲われます。よって道を引き返し、堺で今井殿か津田殿に掛け合い、船を調達して三河国に戻りましょう」

「待たれよ」

本多重次が数正を遮った。

「堺衆には信が置けるとしても、堺奉行の松井友閑は風見鶏。何のかのと言い募って時を稼ぎ、惟任が柴田権六（勝家）や羽柴藤吉（秀吉）を破れば、われらを捕えて、惟任に突き出すやもしれぬ」

酒井忠次が付け加える。

「友閑が味方してくれたとしても、堺から船を仕立てれば、三河に帰り着けるか否かは風次第。うまく船出できたとしても、間違いなく熊野海賊に襲われます」

信長の威令により、無法が働けなくなった紀伊半島の海賊たちだが、信長の死を聞けば、昔ながらの海賊働きを始めるに違いない。

船で堺から三河へ向かうとなると、紀伊半島をぐるりと回らねばならなくなる。各地に蟠踞する船手衆（水軍）は、混乱に乗じて海賊に豹変するのが常である。とくに淡路島と加太湾の辺りは危険で、海上に関を設けている可能性が高い。

「やはり、堺からの海路は危うい」

家康にも堺に戻って船を仕立てることが、いかに危険かは分かる。

「半蔵を呼べ」

周囲の警戒に当たっていた服部半蔵が、すぐに戻ってきた。

「半蔵、これから伊賀を越えようと思うが、そなたはどう思う」

普段は全く感情を表さない半蔵の顔に、一瞬、不安の色がよぎった。

「殿がお決めになられたのなら、やってみるしかありませぬ」

「道中に、われらに敵対する一揆はどれほどおる」

半蔵が驚いたように顔を上げた。

「ほぼ、すべての一揆が敵とお心得下さい」

家康とその幕僚（ばくりょう）が思わず顔を見合わせる。

「お待ち下され」

穴山信君が頭に汗の玉を浮かべて言った。

「いっそのこと、惟任と語らい、天下を分け合ったらいかがか」

その言葉に、家康と幕僚は、そろって口をあんぐりと開けた。

「物の理に通じた惟任のこと。しかも有力な味方は、喉から手が出るほどほしいはず。たとえその場限りでも、三河殿が同盟すると仰せになれば、喜んで帰国を許すのではありますまいか」

――此奴は、骨の髄から卑怯者なのだ。

謀叛人となった光秀と語らえば、家康の信用は失墜し、光秀が討たれた後、勝家や秀吉から袋叩きに遭う。

「穴山殿がそうなされたいなら、ここで袂を分かちましょう」

「いや、それがしはただ――」

「たとえ冥府の住人になられても、われらは右府様を裏切るつもりはありません。今は一刻でも早く本国に戻り、惟任討伐の兵を挙げるほか、道はないものと心得られよ」

「はっ、はい」

信君がその大きな頭を垂れた。

「それでは伊賀に向かう」

家康の断が下った。すでに時刻は未の下刻（午後三時頃）に達しており、この日は、尊延寺宿に宿泊することになる。

慌しく出発の準備がなされ、先触れとして本多忠勝が先発していった。

家康一行が動き出すと、早速、酒井忠次が馬を寄せてきた。

「殿、梅雪をいかがいたす所存か」

「梅雪か——。お荷物だな」

家康は信君の処置に迷っていた。このまま三河に連れ帰っても、甲信の地の武田遺臣を糾合するだけの器量はなく、状況によっては光秀に内通し、家康を裏切る可能性すらある。

万が一、光秀が柴田勝家や羽柴秀吉を倒せば、信君に武田遺領の相続をちらつかせるだけで、光秀に味方するのは間違いない。

——しかし、この場で梅雪を討つのは容易でない。

家康の手勢は百余。それに対し、穴山勢は四十余。たとえ全員を討ち取ることができても、味方にも、相応の死人や怪我人が出ることを覚悟せねばならない。そうなれば、伊賀越えなど覚束ない。

「殿」

家康がわれに返ると、忠次の瞳の奥が冷たい光を放っていた。

「三郎兵衛を使い、梅雪一行をいずこかに誘い出し、始末させましょう」

「ああ、その手があったな」

家康をいずこかの山中に誘い出し、雄利に討ち取らせる役回りの信君を、今度は家康が誘い出し、同じように雄利に始末させようというのだ。

「とは申しても、梅雪は、わしの袴の裾を摑むように離れぬはずだ」

信長の死が明らかとなった今、いかに申し聞かせても、信君が家康一行から離れることはないはずだ。

「それがしに策があります」

忠次の眉間に皺が寄った。非情な策を考えている時の癖である。

「策とは――」

「三郎兵衛に鼓を叩かせます」

「さすれば、梅雪入道は舞うと申すか」

「いかにも」

珍しく忠次が戯れ言を言ったので、二人は意味深げな笑みを交わした。

雄利が家康側に寝返ったことは、穴山信君には知られていない。雄利とその配下は、服部半蔵に監視させ、はるか前方を行かせているからである。

信君が知っているのは信長の死までであり、そのからくりまでは知らないのだ。

「分かった。そうせい」

「お任せあれ」

忠次は、にやりとすると使者を半蔵の許に走らせた。

――これで一つ片付いたな。

家康は、汗染み(あせじ)の付いた手巾(しゅきん)で額をぬぐった。

六月二日の深夜、尊延寺宿の代官屋敷を宿に定めた家康の許に、酒井忠次が戻ってきた。忠次は滝川雄利を伴っている。

「大儀」

「こちらこそ、これほどの夜更け(よふ)に失礼仕ります。梅雪が宿とした豪農屋敷の警戒が厳重で、さすがの三郎兵衛も、なかなか梅雪に会わせてもらえなかったとのこと」

忠次が、「よいしょ」とばかりに対面に腰を下ろした。思えば忠次も、すでに齢(よわい)五十六。いくら鋼(はがね)のような肉体を持っていても、ため息の一つもつきたくなる年である。

「それで首尾は、どうであった」

「そこはぬかりありませぬ。結句、梅雪との面談が叶い、梅雪は三郎兵衛の話を信じたとのこと」

「三郎兵衛、確かなのだな」

老いた鶴が餌をついばむように、雄利が頭を上下させた。

「よし、梅雪は三郎兵衛に任せた。首尾よく討ち取れば、これまでのことは水に流そう」

「ありがたきお言葉」

「むろん、その後は、当家と貴家の間の橋渡しを頼むぞ」

「しかと心得て候」

「下がってよい」

その岩塊のような額を畳にすり付けると、雄利は下がっていった。

寄るべき大樹だった信長亡き今、雄利は家康を頼るほかなく、裏切る心配はない。

雄利は信長次男の信雄の宿老であり、当の信雄は雄利の言いなりである。

——今後、事態がどう進展しようが、信雄を担いでさえいれば、大義はわしにある。

信長と共に長男の信忠が死した今、次男の信雄を担いでいる者に大義があるのは当然である。

「梅雪め、それにしても、よくぞ三郎兵衛の言を信じたな」

「それがしも、よもや信じるとは思いませなんだ」

「ということは、これは、そなたの策ではないのか」

「はい、三郎兵衛の入れ知恵です」

「さすが、右府様が重宝した利け者よ」

二人が忍び笑いを漏らした。

忠次から、信君一行を家康一行から離して討ち取る方法を問われた雄利は、「それならば、惟任の襲撃を狂言とし、右府様は身を隠していると梅雪に告げる。それを知らない家康は、慌てて三河に帰ろうとするので、そこを討ち取る」という話を信君にすればよいという。

つまり宇治田原の山中で、雄利が家康を襲うので、巻き添えを食らわぬよう、信君一行は草内の渡しから北上し、京南部に逃れよと伝えたのだ。

信君は雄利の話を信じた。

これまで、雄利は信長の代理人のように振る舞い、心理的に信君を追いこんでおり、信君は信長を恐れるあまり、雄利を信じるようになっていたからだ。

しばしの間、今後の方策を忠次と語った後、家康は寝に就いた。

すでに時は、子の下刻（午前一時頃）を回っていた。

三

六月三日、尊延寺宿を出た家康一行は、進路を東に取った。案内役は、大和国十市郷の国人・十市玄蕃允遠光の家臣の吉川善兵衛父子である。

十市遠光は、かつて信長が塙直政に大和国の支配を任せた際、直政と共に安土に伺候し、長谷川秀一と旧知の仲になっていた。

それを聞いた家康は、秀一を使者として十市城に向かわせた。

秀一の突然の訪問に遠光は驚いたが、すでに信長の死は知っており、それならばかりに、家康と秀一に恩を売っておくことにしたのだ。

宇津木越えで山城国に入った一行は、天王、普賢寺、水取などの村を経て、草内の渡しに達した。ここで木津川を渡ることになる。

草内の渡しで一行を待っていたのは、田原の国人・山口藤左衛門光広の家臣の新主膳正末景と市野辺出雲守である。

かつて光広も、塙直政配下として安土で信長に拝謁し、その折に秀一とも知り合っていた。

秀一が山口光広とも旧知だというので、手を回させたのだ。

伊賀に入れば半蔵の出番だが、それまでは、秀一の伝手が役に立つ。

かつて雪斎（せっさい）の言った言葉が思い出された。

「人は、その者に適した場を与えれば、めざましい働きを見せるものだ」

――人には、それぞれの得意がある。それを見極めて使うことが、将たる者の務めなのだ。

秀一の生き生きとした活躍を見て、家康は、まさにその通りだと思った。

新と市野辺の二人は、人夫を六十人余も引き連れてきており、家康らを肩に乗せて木津川を渡河しようとしたが、思いのほか水量が多く、なかなかうまくいかない。

ところが幸いなことに、そこに柴（しば）を満載した柴船二艘が通りかかった。それを見た本多忠勝は、鉄砲を放って船を止めさせると、船頭を脅（おど）して船を奪った。

柴を捨てさせられ、船まで奪われて泣き面の船頭たちに、忠勝が過分の渡し賃を払ったことは言うまでもない。一転して満面笑みとなった船頭たちは、渡河が終わって、船を返してもらうと、飛ぶように帰っていった。

家康一行の道中資金は一時、払底（ふってい）していたが、茶屋四郎次郎が追いついてきたことで、金で困ることはなくなっていた。この頃、四郎次郎は忠勝や服部半蔵と共に先行し、先々の村々に金をばらまいて安全を確保していた。

ようやく木津川左岸に着いた一行は、ここで昼餉の小休止を取り、新らが用意してきた握り飯にかぶりついた。

いざ出発という段になって、案に相違せず信君がやってきた。

信君は予想通り、ここで別れたいという話を切り出した。

木津川左岸を北上し、木幡越えにより近江に入り、美濃と信濃を経て甲州を回り、武田遺臣をかき集めてから、浜松に参上するというのだ。

確かに、それが目的なら、経路としては理にかなっている。

雄利の計策を知らない家康の家臣たちは、「よした方がいい」と真顔で押しとどめる者までいた。しかし信君の意向は変わらず、家康も快く了解したので、一行はここで別れることになった。

五月八日に浜松を出てから、この一月、両家中はずっと一緒だった。それゆえ中には、肩を叩き合って互いの無事を祈る者までいた。

家康も表向き、信君と再会を約した。

やがて、その場に残った信君一行が、東へ向かう峠道をたどる家康一行を見送る形で、双方は袂を分かった。

さすがに家康も複雑な心境だった。

確かにここで殺しておかないと、信君は獅子身中の虫となる。それが後に、どのような災いをもたらすか分からない。

信長に脅された上でのこととはいえ、恩人の家康を裏切ったのは明らかであり、ここは心を鬼にしても、罰を下すべきである。

――獅子身中の虫こそ恐ろしい、と教えてくれたのは、誰あろう梅雪ではないか。

勝頼の獅子身中の虫となった信君は、かつて武田家を内部から蝕み、崩壊させた。

――その轍を、わしは踏むつもりはない。

それでも家康は、信君の名跡を嫡男の勝千代に取らせ、穴山家を残すつもりでいた。勝千代はこの時、わずか十一歳なので、信君の所領は家康の意のままとなる。

家康一行は新と市野辺らの案内に従い、草深い山道を宇治田原に向かった。騎乗は主立つ者三十余名で、それ以外の者は徒士である。

一方、途中で家康一行を待っていた滝川雄利は、一行が通り過ぎるのを確かめた後、草内に通じる道を下っていった。雄利の検使役として、酒井忠次と石川数正が同行した。

一行が、郷ノ口村に向かって道を急いでいる最中のことである。

「敵襲！」

先頭を行く本多忠勝の絶叫が空気を切り裂く。

何が起こったのか確かめる暇もなく、鉄砲の音が轟き、周囲は喚き声と馬のいななきに包まれた。

「殿、こちらへ！」

近習頭の井伊直政が家康の馬の口を取り、山中へと導く。その間も、どちらのものともつかない筒音や喊声が、山間に響き渡っている。

「鉄砲を放て！」

背後で本多重次の声が聞こえる。

その声に振り向く暇もなく、直政に導かれるまま、家康は道なき道へと踏み入った。

供をしているのは、直政と三人の小姓だけである。むろん直政とて、道が分かっているわけではない。小姓と共に太刀で藪をなぎつつ、合戦の場から遠ざかるべく、闇雲に進むだけである。

しばらく藪の中を進み、ようやく安全かと思われる平場に出た一行は、家康の四囲を固めた。

筒音と怒声がしばらく聞こえていたが、それも絶えると、家康を呼ぶ声が聞こえてきた。

それでも用心深い直政は何も答えず、やがてその声が、重次のものと分かってから返答した。

「こちらにおります！」

直政の声を聞き、家臣たちが三々五々、山を登ってきた。

「さすがに殿の逃げ足は早い」

重次の皮肉に、家康が平然と答える。

「三方ヶ原(みかたはら)で鍛(きた)えたからな」

一同はどっと沸(わ)いた。

奇襲を受けた家康一行の死者は三名、負傷者は七名に上った。

負傷者の中には、高力清長(こうりききよなが)も含まれていた。清長は腕に貫通銃創(かんつうじゅうそう)を負い、早急に手当てをする必要がある。

また、案内役として先頭を歩いていた吉川善兵衛が、初弾を食らって息絶えた。

その功をたたえ、同行していた嫡男の主馬助と次男の孫次大夫に、後日の恩賞が約束された。

吉川兄弟によると、敵の中に、大和石原村の国人・石原源太の郎党がいたとのことである。

すでに大和国衆の許にも、信長横死の報は届いていることが、これで判明した。

——伊賀に入る前にこれでは、先が思いやられる。

家康は暗澹たる気分になった。それは配下の者たちも同じらしく、ただでさえ無愛想な三河面を、さらにしかめている。

街道に戻った一行は「半駆け」となり、白江村を過ぎ、老中村に達しようとしていた。

この辺りは、右手にそびえる鏡谷山、高塚山、飯盛山（河内の飯盛山とは同名異山）などの山塊が連なり、街道は曲がりくねっている。一方、左手は泥田と沼沢地である。

「この地形は、うまくない」

家康がひとりごちた時、右手の山中から驟雨のように矢が降ってきた。

季節は夏なので、敵の姿は樹林に隠され、ほとんど見えない。

「人盾(ひとだて)を作れ！」

本多忠勝の絶叫が響き渡る。

たちまち家康の周囲に人垣ができた。

一方、忠勝と榊原康政らは、田の中に身を隠しながら右手の樹林に向かった。

ようやく鉄砲の支度ができ、味方の応射が始まった。しかし、むやみに撃つだけなので効果がない。

「殿をいずこかの物陰に移せ！」

誰かの喚き声が聞こえる。

敵の射程から逃れるべく、家康を中心とした人盾が、泥田の中に足を踏み入れた。

その時である。

突然、喊声が湧き上がると、一町ほど離れた叢林(そうりん)から敵が襲ってきた。

右手の山から矢を射掛け、家康が泥田に難を避けたところを、左手の叢林に隠れていた主力が襲うという手はずである。

——ここらの鄙人(ひなびと)を侮っていたわ。

家康は舌打ちした。

大和や伊賀の山間に住む国人たちは、父祖の頃から喧嘩の延長のような小競り合いを繰り返してきているため、小戦の戦術に関して長けているのだ。

忠勝や康政ら家康一行の戦闘部隊は、すでに右手の山に登り始めており、すぐに対応できない。

――これはまずい。

豊富な戦場経験から、家康には独特の嗅覚が備わっている。

「死ねや！」

敵の先頭が、最も外側にいた近習に突き掛かった。

たちまち人盾が崩れる。

「万千代、わが槍を取れ」

家康が傍らにいた井伊直政に命じると、さすがの直政も顔をひきつらせつつ、家康愛用の名槍「筑前信国」を手渡した。

その間にも敵は殺到し、家康を囲んでいた人盾もまばらになってきた。

右手の山中にいた敵も、こちらに戻ろうとする忠勝や康政らに追いすがっている。

その時、直政の槍をかわした一人が家康に突き掛かってきた。

――三国の太守となっても槍を取らねばならぬとは。わしは、ほとほとついておらぬ。

幸いにも敵は農民らしく、大した腕ではない。家康は敵の槍を巻き上げると、難なく突き伏せた。しかしその時、別の敵が背後から槍を突き入れてきた。

——しまった。

家康が死を覚悟した時、誰かの槍が横から突き出され、敵の脾腹深くに差し入れられた。

絶叫を残し、敵が泥田の中に身を沈める。

「何とか間に合いましたな。殿の悪運が強い証拠」

泥だらけとなった本多重次が、血糊の付いた槍を掲げつつ笑みを浮かべた。

「しかし殿、どうやら殿の野太き御運も、ここまでのようです」

家康が周囲を見回すと、敵の数は、家康一行の二倍ほどになっている。

「殿、腹を召されるか、討ち死になされるか、どちらにいたすか」

「腹を切る暇はなさそうだ」

「それでは、最後にひと暴れといきますか」

笑みを交わした家康と重次は、怒濤のような気合と共に敵中に突き入った。

家康は、若い頃に戻ったように槍を振るった。小太りになったにもかかわらず、不思議と槍さばきは衰えていない。

――武田四郎(しろう)や右府様は、こうして最期を迎えたのだな。

家康の周囲に敵が満ちてきた。敵が武器に長じていない農兵であることだけが、唯一の救いである。

その時、老中村(おいなか)の方角から、五十余りの野武士らしき者たちが駆けてきた。

「作左、いよいよ窮(きわま)ったな」

複数の敵と戦いつつ、家康と重次が背を合わせた。

「殿、こうして死ぬのも武士の誉れ！」

家康が死を覚悟した時、駆け入ってきた敵の新手(あらて)が、なぜか敵に襲い掛かった。

背後から槍を突き刺された者の断末魔の絶叫が、田の水面を震わせる。

よく見ると、最初に槍を付けたのは服部半蔵である。

たちまち敵が、蜘蛛の子を散らすように逃げていく。これに勢いを得た半蔵らが、さらに敵を蹴散らす。家康の周囲にも人が集まり、再び人盾ができた。

――どうやら助かったようだな。

大きなため息をつきつつ、家康が槍を下ろした。

近習や小姓に抱えられるようにして、家康が近くの民家に入ると、その周囲は、瞬く間に家臣によって固められた。

早速、服部半蔵が室内に招き入れられた。

「殿、ご無事で何より」

「そなたのおかげで助かったわ」

「お褒めの言葉は、ぜひこちらの御仁(ごじん)に」

半蔵の傍らに拝跪していた初老の男が進み出た。

「それがし、郷ノ口呉服明神(ごうのくちごふくみようじん)の服部美濃守貞信(さだのぶ)と申します」

「美濃は、わが遠縁にあたります」

半蔵が付け加えた。

「殿のご来着の支度を調えていたところで、何か胸騒ぎがしたので、美濃と共に迎えに出ました。すると、老中村の方から筒音が聞こえてきたので――」

「それで、走り来たというわけだな」

「はっ、殿のご武運の強さを痛感いたしました」

「二人とも大儀であった」

家康は背後に控える井伊直政に目配せし、貞信に脇差(わきざし)を贈った。

この戦いの結果、味方七名が討ち死にし、十六名が負傷した。討ち死にした者の中には、旗本(はたもと)の都築亀蔵(つづきかめぞう)と近習の長田瀬兵衛(おさだせべえ)がいる。二人は家康の人盾となって討たれた。

遺品として二人の髻(もとどり)を落とした家康は、民家の農夫に金をやって供養と埋葬を頼むと、その場を後にした。

すでに老中村では、家康一行の休息の支度が調えられていたが、この辺りは山が迫り、大軍で攻められればひとたまりもない。

家康一行は水を補給するだけで、早々に老中村を後にした。

四

その後、一行は郷ノ口村の服部貞信屋敷に入り、昼餉を取った。

服部屋敷は、小さいながらも堀と築地塀(ついじべい)に囲まれているため、何もないよりは安心できる。

高力清長ら負傷者の手当てもでき、ようやく家康一行は人心地(ひとごこち)ついた。

そこに追いついてきたのが、酒井忠次、石川数正、滝川雄利の三人である。

「殿、ご無事で何より」

忠次は、家康の無事を確信していたかのような口ぶりである。

石川数正が、その長い顎を震わせつつ言った。

「途中、殿が襲われた場所を見てまいりましたが、相当の戦いでしたな」

「当たり前だ。わしも槍を取ったほどだ」

「われら二人がおらぬ間に殿が討ち死にしたとあらば、われら二人も、その場で追い腹を切らねばならぬところでした」

「腹を切って済む話か」と思いつつも、家康は続く言葉をのみ込んだ。

「ときに、そなたらの首尾はどうであった」

二人が体をねじって背後を見やると、後方に控えていた滝川雄利が平伏した。

「手ぬかりなく――」

「梅雪の手の者はどうした」

「多少の討ち漏らしはありましたが、逃がしたのは中間小者ばかりで、主立つ者は残らず討ち取りました」

「大儀であった」

家康は胸を撫で下ろした。

しばし休息した後、一行は服部屋敷を後にした。

途中、長谷川秀一の知己である山口藤左衛門光広の山口城に寄り、馬を替えて武具も補充できた。

家康は光広の厚意を謝し、うまく逃げおおせたあかつきには、褒美を与えることを約束した。

しかし光広は、家康が逃げおおせるとは思っていないらしく、後の褒美を約しても、目を輝かせるでもなく、「そのお言葉だけでも、子々孫々まで語り継ぎます」と言って平伏した。

悪気があって言っているわけではないのだろうが、家康の不安を増幅させるには十分である。

一行は、半駆けで近江国の朝宮村を目指した。

朝宮村は勢多から宇治川を下れば一刻もかからず、今回の経路で、光秀の勢力圏に最も近い地にあたる。

光秀が家康一行を捕らえるつもりなら、ここに兵を配しているに違いない。

難所の裏白峠を越え、あと二里ほどで朝宮村というところで、先を行かせていた服部半蔵が引き返してきた。

「いかがいたした」

「明智の手の者が朝宮村に関を設け、行き来する者を誰何しております」

「随分と早いな」

家康は、これほど光秀の手回しがよいとは思っていなかった。

——わしにはめられたことに気づいたのだ。

偽の烽火によって図らずも謀叛人となってしまった光秀は、後戻りできなくなり、何の準備もないまま天下取りに乗り出したはずである。しかし頭のよい光秀が、「誰が偽の烽火を上げさせたか」を考えないわけはなく、当然、からくりを知る滝川雄利を疑うはずである。

——となれば惟任を陥(おとし)いれたのは、三郎兵衛を裏切らせた、わししかいないというわけだ。

そこまでのからくりを分かっていなくても、三河に帰してしまえば敵となる家康を、光秀が逃すはずがない。

——厄介なことになったな。

土民と違って敵が武士だとしたら、一戦交えても勝利は覚束ない。一人ひとりは徳川家中が強いとしても、敵は多勢の上、鉄砲の数も多いに違いないからだ。

「半蔵、朝宮村を通らずに伊賀に抜ける道はあるか」

「道なき道を行くしかありませぬ」

こうした場合、山中に入るのは大変な危険を伴う。道に迷い、日が落ちてしまえば、山中に立ち往生となる。山中で火を焚けば敵に気づかれ、焚かなければ狼や野犬の餌食となる。

「獣道もないのか」

山口藤左衛門が付けてくれた道役（案内役）の新や市野辺に問うても、首を左右に振るばかりである。

彼らも、すべての杣道や獣道を知っているわけではないのだ。

「いかがいたすか」

家康が振り返ると、皆が口々に自重を唱えた。

「道を引き返し、山口城に籠るべし」

石川数正が、長い顎を突き出すようにして言う。

「日ならずして山口城には、明智勢が押し寄せる。これほどの寡勢で、いかに明智勢を防ぐというのか」

家康の言葉に、数正がうなだれた時である。

「敵襲！」

先頭を行く本多忠勝の絶叫が聞こえた。

幕僚たちは、家康を取り囲むようにして後退を始めた。

人盾と共に後退しつつ、家康は筒音と喊声を待っていたが、いつになっても始まらない。

やがて忠勝が、数人の男たちを率いてきた。

「三河様、奇遇でございますな」

家康の馬前に拝跪したのは、近江勢多城主の山岡美作守景隆と弟の対馬守景佐である。

「ここで何をしておる」

旧知の山岡兄弟に、これほどの山中で出会うと思わなかった家康は、驚きを隠せない。

「実は——」

本能寺の変の後、織田家直臣の山岡兄弟は光秀に与することをよしとせず、本拠の勢多城を焼いた上、勢多橋を落として甲賀山中に逃れてきたという。

これにより、光秀は橋を架け直さねばならなくなり、貴重な二日を浪費した。

怒った光秀が、山岡兄弟に賞金を付けて捕縛を命じたため、近隣の国衆たちが、血眼になって兄弟を探しているというのだ。

「つまり朝宮村の関は、われらではなく、そなたらを捕まえるために設けられたのか」

「いかにも。安土の城を接収した惟任は、右府様の黄金や宝物を手にし、われら二人に破格の賞金を懸けたのです。われらの兵は三十ほどしかおらず、この山中で進退窮まっております」

――いかにも多忙な光秀が、行方知らずとなっておるわしを探しはしまい。

今のところ光秀は、家康など眼中にないのだ。

「では、いかがいたすか」

「敵は、明智の手の者ではなく在地の衆です。この場は、手なずけるのが上策かと」

「手なずけると申すと」

「金品があれば――」

言いにくそうに景隆が頭をかく。

「与左衛門、金を出せ」

勘定方を担っている高力清長が、泣きそうな声を上げた。

「金など、どこにもありませぬ」

本多重次が古甲冑を買うために、ほとんどの道中資金を使い果たしたことを、家康は思い出した。

「茶屋四郎次郎はどうした」

「持ち金が乏しくなり、京から送らせた追加の金を受け取るべく、草内の渡しに戻りました」

数正が言いにくそうに告げる。

四郎次郎が合流してきたことで、資金が潤沢にあると思っていた家康だが、行く手にある村々を押さえるために、すでに持ち金を使い切ってしまったというのだ。

「こいつはまいった」

家康が井伊直政を顧みた。

「万千代、わしの切腹用の白布を出せ」

大名の手回り品の中には、切腹時に敷く一尺四方ほどの白布がある。

「もう腹を切りなさるか。随分と気の早いことですな」

直政が半ば本気で問い返した。

「とにかく広げろ」

釈然としない顔をしつつ、直政と小姓が白布を広げた。何をするのかと皆が怪訝なに畳んで置いた。

顔で見守る中、家康は脇差を外して、白布の上に置くと、続いて陣羽織を脱ぎ、丁寧
「金目の物はすべて出せ」

ようやく家康の意図に気づいた家臣たちは、次々と高価な物を白布の上に置いてい
った。

「おい又五郎、その陣羽織を脱げ」

家康が、陣羽織を脱いでいない天野康景を指差した。

「これは父祖代々、当家に伝わる逸品ゆえ――」

「いいから脱げ」

武器を除いた貴重な品々が、白布の上に並べられた。

「美作、敵はそなたを探しておるのだろう。そなたが行って掛け合ってこい」

「いや、それは――」

景隆が迷惑そうな顔をしたが、家康の家臣たちににらまれて、渋々、了承した。

家康としては、己がここにいることを知られたくなかった。それゆえこの仕事は、
何としても山岡兄弟にやってもらわねばならない。

やがて山岡兄弟が、蒼白な顔をして山を下っていった。

すでに日は西の山の端に隠れ、足元は暗がりに包まれつつある。

家康が爪を噛みながら待っていると、山岡兄弟の背後をつけていった服部半蔵が戻ってきた。

「殿、敵は上機嫌で四散いたしました」

「よし」

――これで一安心だ。

皆の顔に安堵の色が広がる。

別の敵がやってくる前に朝宮村を越えるべく、家康一行は足を速めた。

六月三日酉の下刻（午後七時頃）、家康一行は今夜の宿泊地である小川城まで、あとわずかというところまで来ていた。

「あっ！」

突然、家康と馬首を並べていた山岡景隆が、「しまった」とばかりに声を上げた。

「三河様、そういえば敵にくれてやったものの中に、徳川家中と明らかに分かる紋所などが入った物は、ありませなんだか」

「あっ」

家康が啞然として馬を止めた。

――やはりわしは、どこか抜けておる。

あの時、慌てて貴重な品々を家臣たちに出させたため、いかに知恵者ぞろいの家臣たちでも、そのことに気づかなかったのだ。

いくら鄙びた地の地侍であっても、紋所を見れば家康一行と気づくに違いない。

――藪蛇とは、このことを言うのだ。

たちまち幕僚たちは騒然となったが、それを抑えるようにして酒井忠次が言った。

「終わったことは仕方がない。われらがここにいることが、惟任の手の者に知られるまでに、まだ猶予があるはず。それまでに伊賀を突破し、伊勢に出るしかあるまい」

家康は、忠次の言葉をうわの空で聞いていた。

「殿、とにかく小川城に向かいましょう」

忠次の言葉に、家康はうなずくしかない。

小川城は、この辺りを押さえる在地土豪の多羅尾光俊の居城である。一行が休息した山口城の山口藤左衛門光広は光俊の実子で、山口家に養子入りしていた。そうした関係もあり、小川城は安全である。

小川城のある多羅尾の地は、近江国の南端に位置し、南近江有数の宿町である信楽より南に一里ほど行ったところにある。とくに小川城は草深い地にある要害で、道幅三尺の崖道を通らないと着けない場所にある。

本来であれば、朝宮村から神山村を経由し、伊賀の丸柱村に抜けるのが最短距離だが、光秀の手の者や近隣の土豪の襲撃を恐れた家康は、あえて迂回路を取った。

山間の日没は早い。一行が小川城に着く頃には、周囲はすっかり暗くなっていた。

この時、夕餉の支度にしばらくかかると聞いた一行は、城内の庭で休みつつ、先に出された赤飯のむすびを手づかみで頰張った。

堺からこの地まで、十九里余の道のりだった。

五

街道から大きく外れた山間の要害・小川城に入った家康一行は、夕餉を取った後、家中だけで軍議を持った。

ここが要害であること、城主の多羅尾光俊は山口光広の実父であること、山岡兄弟も遠縁にあたることなどから、家臣の中から、「当面、この城にとどまるべし」という意見が出た。

しかし、いかに山間の要害とはいえ、囲まれてしまえば手も足も出ない。それゆえ、翌朝には出立することにした。

六月四日の夜明け前、家康一行は小川城を後にした。

梅雨も明けたのか、ここ何日か晴天が続いている。難路続きの中、それだけが唯一の救いである。

いかに身体頑健な三河武士とはいえ、厳しい道行きが続いている上、怪我人もいるので、疲れの色が見え始めていた。だが、ここで気を抜いているわけにはいかない。

家康は心を鬼にして出発を命じた。

咫尺も弁ぜぬ闇の中、小川城の眼下にある多羅尾村を経て、一行は、御斎峠への道に差し掛かった。この頃、ようやく空が白み始めた。

御斎峠は、近江国の多羅尾と伊賀国の西山村の間に横たわる標高六百メートルの峠である。

この峠を越えれば、いよいよ最難関の伊賀国になる。

険阻な山道を急ぎ足で登った一行は、ようやく峠の頂に出た。御斎峠の頂からは、曙光に照らされた伊賀の田園風景が望まれる。

——ようやく伊賀に着いたか。

朝靄の中、伊賀の地は薄絹を掛けたようにかすんでいた。その先には、伊賀の山塊が幾重にも連なって見える。

「あれを越えていくのだな」

家康の問いに山岡景隆が答えた。

「伊賀は、大和や甲賀よりも草深い里ゆえ、道行きは、さらに困難となります」

――人の生涯とは難路ばかりだ。平坦な道などない。

家康の脳裏に、桶狭間、姉川、三方ヶ原、長篠などの光景が浮かんだ。それらは、どれも凄まじい修羅場ばかりだったが、どういうわけか、家康は生き残ってここにいる。その運をもってすれば、伊賀越えなど何ほどのこともないように思える。

――しかし、そのいずれの戦いにも、同盟者として右府様がいた。わしは、右府様のおかげで生き残っておるだけではないか。

正確には桶狭間合戦では、信長と家康は同盟していない。しかし、家康が義元の居場所を告げたことは間違いなく、そういう意味では同盟者である。

家康の半生は、信長の強運に便乗させてもらったようなものだった。しかし今日からは、己の運を頼りに生きていかねばならない。

――わしの運がどこまで強いか、いよいよ試されるのだな。

「三河様」

背後からかかった景隆の声で、家康はわれに返った。

「弟ともよく話し合ったのですが、われら兄弟は織田家直臣（じきしん）です。それゆえ本領に近い地に潜伏（せんぷく）し、権六殿（柴田勝家）か筑前（ちくぜん）殿（羽柴秀吉）が惟任に決戦を挑むとなった時、馳せ参じたいのです」

「尤もですな」

「それゆえ、ここでお別れいたそうかと――」

景隆の言は、いかにも勇壮に聞こえるが、本音を言えば、家康と行を共にしたくないのである。

――つまりここから先、わしが生き残る見込みは薄いというわけか。

家康は内心、自嘲した。

山岡兄弟は名残（なごり）を惜しみつつ、元来た道を引き返していった。

山岡兄弟と袂を分かち、御斎峠を下った一行は、伊賀西端の西山村に足を踏み入れた。当然、村人の知るところとなり、四方に人が走っていく。近隣の村々に知らせるのだ。

惣国一揆の名残から、伊賀国の村々は、相互連携して助け合う態勢が確立されている。どこかの村と村が、水利などの問題で諍いを起こせば、四方の村から人が集まってくる。

それだけでなく彼らは日々、武芸の鍛錬を怠らないため、戦闘となれば、専業武士と何ら変わらない働きを示す。

——それが伊賀の地なのだ。

しかも家康を討ち取れば、光秀から多大な恩賞が与えられるだけでなく、かつてのように、伊賀惣国一揆による自治が認められる可能性もある。

ちなみに伊賀国は、信長次男の織田信雄の所領だが、信長の死によって信雄の立場は揺らいでおり、伊賀国も一時的に領主不在の状態となっている。この機に、彼らが自治を取り戻そうとするのは当然の流れである。

家康は、服部半蔵と滝川雄利を先触れに出した。

半蔵には伊賀地侍衆の鎮撫を、滝川雄利には先に伊勢に帰国し、信雄を説いて、迎えの兵を出すという役割を課した。

信長亡き今、雄利は家康を頼るしかなく、すでに家臣も同然となっていた。

この頃になると、多羅尾一族の手回しによって甲賀の地侍衆が駆けつけ、家康一行は二百名を上回るようになった。

西山村を出た一行は、伊賀街道を北西に向かって半駆けした。

色づき始めた稲穂は丈も長くなりつつあり、他国のものと寸分違わないが、その上からのぞく農民たちの鋭い目つきは、この地が、常の地ではないことを如実に物語っている。

家康一行は、すでに手なずけてある丸柱村にようやく入った。

丸柱村で休息を取っていると、先触れに出していた服部半蔵が戻ってきた。いつになく緊張した面持ちである。

「半蔵、いかがいたした」

「殿、街道沿いの一揆には手を回しましたが、大半の一揆へは根回しが間に合わず、どうやら殿を討ち取ろうと、伊賀各地から大挙して押し寄せてくるようです」

「何だと」

家康の片頬が引きつった。

「もはや、戦わずに伊賀を抜けることはできませぬ」

その言葉に、周囲は騒然となった。

「半蔵、いかがいたす」

「山入りして時を稼ぐか、このまま街道を早駆けするかのいずれかしかありませぬ」

「山入りなどしている暇はない。このまま突っ切ろう」

慌しく出発準備を整えた家康一行は、そのまま「早駆け」に移った。

「えいほう、えいほう」

徳川家中独特の掛け声を発しながら、先頭の本多忠勝が馬を駆けさせる。それに徒士が続く。しかし隊列は次第に乱れていった。

早駆けの場合、騎乗の者が徒士の走る速度に合わせる必要があるが、そこは馬と人の違いである。時が経てば、徒士が遅れ始めるのは当然である。

丸柱村からしばらく行くと、田畑に出ていた農民が、一斉に近くの山に逃げ込むのが見えた。どこから見ても純朴な農民だが、こちらが弱みを見せれば、一転して貪欲(どんよく)な獣と化すに違いない。

伊賀街道と並行して走る柘植川(つげがわ)が右手に迫ってきた。

その時である。

「敵襲！」

先頭を走る兵の絶叫が聞こえた。

「筒衆、前へ！」

忠勝の野太い声も聞こえる。

敵は、柘植川が最も街道に近づいている地点で、対岸から矢を射てきた。すかさず馬を下りた家康は、馬の陰に隠れて対岸をうかがった。

敵の動く姿は見えるが、どれほどの兵力か分からない。

早速、こちらも応射したので、硝煙によって視界はさらに悪くなる。

やがて近くにいた小姓と近習が、折り重なるようにして人盾を作った。

「どけ。これでは指揮も執れぬわ！」

家康の怒声によって、輪が少し広がる。

その時である。対岸の湿地帯から無数の矢が飛んできた。

「うっ」

家康の右腕上部に矢が突き刺さった。

――矢とは痛いものだな。

久方ぶりの矢傷に、さすがの家康も死の恐怖を感じた。しかしこういう時ほど、家臣たちに弱気を覚られてはならない。

平然と矢を引き抜いた家康は、自ら手巾を食いちぎって血止めすると、太刀を抜いて、次々と飛来する矢を斬り払った。

気づくと人盾は崩れ、周囲を守る者たちも、まばらになっている。

「わしを囲め！」

家康が周囲に命じたが、すでに小姓や近習は、川を渡って討ち入ってきた一揆勢と斬り結んでいる。

「わしの槍はどこだ」

周囲を見回すと、槍持ち役をやらせていた小姓の三浦亀丸（みうらかめまる）が、泥田の中に突っ伏していた。

泥田の水が朱に染まっていることから、射殺（いころ）されたのだ。

その間も頭上から矢が飛来してくる。

標的になっていることに気づいた家康が、再び馬の陰に隠れると、重臣たちが駆けつけてきた。

「人盾を作れ！」

誰かが叫んだが、それどころではないほど周囲は混乱している。矢が当たった馬は、いななきつつ狂ったように暴れ回っている。

しかし敵は火力に劣るためか、全兵力で渡河してこない。

その頃になると、遅れていた徒士が追いついてきた。やがて家康の周囲に、鉄砲足軽も集まってきた。

いまだ矢戦は続いていたが、危機は去りつつあった。頭上から降る矢も散発的になり、やがて潮が引くように一揆の姿は消えていった。

「追うな、追うな！」

家康は対岸に渡ろうとする味方を懸命に押しとどめると、再び隊列を整えて早駆けに移った。

背後を見やると、足を引きずりつつ、必死に味方の後を追う負傷兵の姿が見えた。

しかしそれも、だんだんと遠ざかっていく。

やがて一人になれば、追いすがってきた敵に討ち取られるに違いない。

常であれば負傷者を助けるべきだが、この戦は、勝つことにではなく逃げきることに眼目（がんもく）がある。そのためには、こうした犠牲はやむを得ない。

――許せ。

家康は心の中で詫びた。

すでに早駆けでは危険なため、騎乗の者だけで、半蔵が確保しているという石川村（いしかわ）目指して疾走した。

徒士は追いすがる敵と戦いつつ走るため、どんどん遅れていく。

家康は、己の命を張って家康を守ろうとする者たちに心中、感謝した。そして生き残ったあかつきには、その係累に報いることを誓った。

六月四日午前、敵を振り払いつつ石川村に到着した家康一行は、ようやく人心地ついた。

ここは服部半蔵の勢力圏であり、一揆に襲われる心配はない。

右腕に負った矢傷の手当てをしてもらいながら、家康は左手で握り飯を頰張った。

そこにやってきたのは、伊勢への経路を探ってきた半蔵である。

「南伊賀の衆にまで、殿がここにいることが伝わった模様。南伊賀には、それがしも伝手がなく、抑えようがありません」

天正九年の第二次天正伊賀の乱において、織田方に与したり、早期に降伏したりした北伊賀衆と違い、最後まで抵抗した南伊賀衆は、信長の容赦ない撫で斬りに遭い、女子供まで殺された。

その中を生き残った者たちは、織田家に対する恨みが骨髄まで達しており、信長亡き今、同穴と見られている家康を討ち取ることで、仲間の恨みを晴らそうとしていた。

――さて、どうする。

家康は爪を噛みつつ、先に進むか、ここにしばしとどまり、味方が集まるのを待つかを天秤に掛けた。

「殿、もはや猶予はありませぬぞ」

振り返ると、酒井忠次が苦虫を噛みつぶしたような顔を近づけてきた。

「分かっておる」

「分かっておられるのなら、敵に取り囲まれる前に、この地を脱すべし」

今度は本多重次である。

「しかし、まだ戻っておらぬ者も多くいるではないか」

ざっと見回したところ、二百余いたはずの兵は半減していた。

――おそらく五十は討たれ、残る五十は、足を引きずりつつ懸命にこちらに向かっておるはずだ。

戦慣れしている家康の見積もりは、いつも正確である。

本多忠勝が忠次や重次に同調した。

「殿、敵は平楽寺の跡地に集まり、こちらに押し寄せてくる模様。遅れている者たちを待つわけにはいきませぬ」

かつて信長の焼き打ちに遭った平楽寺は、石川村から四里と離れていない。

「だからと言って、こちらに向かっている者どもを見捨てることはできぬ」

「殿」

重次が家康の肩を掴んだ。主に対してあるまじき行為だが、危急の場で、それをとがめだてする者はいない。

「途中で討ち取られた者も、懸命にわれらに追いつこうとしておる者も、その望みは一つでござろう」

「分かっておる」

重次の手首を掴んだが、凄まじい膂力（りょりょく）でびくともしない。

「いや、分かっておりませぬ。分かっておれば、こんなところで、ぐずぐずしてはおられぬはず」

――いかにも、その通りだ。

皆、家康を逃すために捨て石となろうとしている。己が死しても、家康さえ生き残れば、死んだ本人に代わって係累が恩賞に与かれる。しかし肝心（かんじん）の家康が死んでしまえば、すべての犠牲も無駄となる。

ようやく重次の掴む手から逃れた家康は、床几を蹴倒して立ち上がった。

「懸命に追いつこうとしておる者らを見捨てるのは忍び難い。しかし、この場は致し方ない。われらだけで進もう」

「応！」

甲冑の擦れ合う音を立てさせつつ、一行全員が立ち上がった。

小半刻ほどの休息の後、村の馬という馬を調達した一行は、石川村を後にした。

馬の代金は証文を置いて、後続する茶屋四郎次郎に支払わせることにした。

家康は懸命に馬を駆けさせた。どんな形でも、己の命だけは守らねばならない。それこそが、死んでいった者たちに報いる道である。

――逃げきるだけで、この戦は勝ちなのだ。

しかし、その逃げきることがいかに困難かを、家康は思い知らされていた。

馬には、体力と脚力の差が歴然としてある。最も良馬を駆る家康の周囲は、いつしか同じく良馬に乗る重臣ばかりとなっていた。

やがて、半蔵が次に確保しているという河合村が近づいてきた。

「殿、あれに見えるは敵では！」

先頭を走る忠勝が馬を止めた。

目を凝らすと、確かに村の入口にあたる場所に、急造の柵門が築かれ、多くの兵が行き来している。

その時、前方から誰かが走ってきた。

「筒列を布け！」

酒井忠次の命に応じ、重臣たちが自ら鉄砲を手にし、家康の前に筒列を布いた。

「お待ち下され！」

やってきたのは服部半蔵である。

「あれは、お味方ゆえ、ご心配には及びませぬ」

その言葉に家康一行は、ほっとため息をついた。

先行して河合村に入っていた半蔵が、近隣の地侍に声をかけていたのだ。

この頃、ようやく遅れていた者たちも追いついてきたので、一行は百五十名余に増えていた。

再び一丸となった一行は、午の下刻（午後一時頃）、柘植の徳永寺に入った。

突然の来訪にもかかわらず、徳永寺の住持らは家康一行を歓待してくれた。

最大の難関である加太越えを控えた一行は、徳永寺の心づくしの精進料理に舌鼓を打った。

そこに戻ってきたのは、再び先行していた服部半蔵である。

半蔵が言うには、伊賀国衆は加太越えに先回りし、家康一行を待ち伏せているという。

しかも追いついてきた者たちによると、光秀の命を受けた甲賀の地侍たちが、石原源太一党と共に家康一行を追いかけてきているという。

――進むも引くもできぬということか。

ほかに伊勢に抜ける峠がないこともないが、いったん伊賀中央部に向かうことになり、集まりつつある敵の中に飛び込む形になる。

つまり、加太越え以外の道を選ぶことはできないのだ。

――これが最後の峠だ。

家康は、己の前半生最大の難所がやってきていることを覚った。

加太越えは、伊賀の柘植と伊勢の関地蔵の間に横たわる鈴鹿山脈を越える峠道である。いくつも山が連なっているため、どこが明確に峠というわけではないが、総称して加太越えと呼ばれている。

敵は峠の要衝を押さえているはずであり、そこを攻め上るのは容易でない。しかも、敵がどれほどの頭数か把握できておらず、常の戦であれば、これで敵に向かうのは、無謀以外の何物でもない。

「いよいよ、窮(きわ)まりましたな」

重次が他人事のように言う。

「いかにも窮まった。しかし、策がないこともない」

「ほほう、殿に策がおありか」

大げさに驚く重次を無視して家康が言った。

「半蔵、身一つで峠の向こうに抜けられるか」

「わが身だけなら、何ほどのこともありませぬ」

半蔵に策を授けて先に行かせた家康は、采配(さいはい)代わりに手にした粗朶(そだ)を大きく振り上げた。

「それでは全軍一丸となり、最後の峠を越えるぞ！」

一行は家康を中心にして隊列を組み、加太越えを目指した。

六

「放て！」

矢の雨を降らせてくる一揆に対し、家康一行の有する二十余の鉄砲が火を噴いた。

それでも一揆勢はひるまず、衆を恃んで迫ってくる。そこに銃火が集中され、ばたばたと敵が斃れる。

ところが鉄砲が二十余では、遮蔽物に身を隠しながら迫る敵を抑えきれず、遂に白兵戦が始まった。

先頭を駆ける本多忠勝が名槍「蜻蛉切り」を振り回し、酒井忠次も敵と斬り結ぶ。

山の斜面のそこかしこで、激闘が展開されていた。

その頃、中軍の家康は峠道の途中にとどまっていた。

「殿、血路を開くのは容易でありませぬ」

前線の様子を見てきた本多重次が、さも口惜しげに言う。

「敵の数が思いのほか多いようだな」

「はい、多いほど戦いがいがあるというものですが――」

「さすがの作左も手がないか」

家康が無理に笑みを浮かべた時である。

「殿、お待ちあれ」

殿軍を担っていた石川数正が、息せき切って峠道を駆け登ってきた。

「その顔からすると、よき話ではないな」

すでに家康は、状況の暗転には慣れっこになっている。

「惟任の息のかかった者どもが、背後から迫っております」

――もう来たか。

覚悟はしていたものの、家康一行は、峠の中ほどで挟撃されるという最悪の形勢になってしまった。

重次が平然として言う。

「これで、峠を攻め上るしか手はなくなりましたな」

「ああ、峠を一つひとつ越えていけば、わしのような凡庸な男にも、道は開ける」

「今、何と――」

「よいのだ。忘れてくれ」

峠の上方では、忠勝や忠次が必死に血路を開こうとしていたが、この地を己の庭のように熟知している一揆勢に苦戦を強いられていた。

いよいよ山麓(さんろく)からも喊声が迫ってきた。数正率いる殿軍と、石原源太ら追っ手が衝突したに違いない。

山の途中に立ち往生した家康は、爪を嚙み始めた。

――間に合わなかったか。

家康は、覚悟を決めるべき時が迫っていることを覚った。

傍らにいた井伊直政が膝を進めた。

「殿、このままでは、ここで討ち取られるだけ。少ない供回りだけで山中に入り、何とか伊勢に抜けましょう」

「三河様、それならば、どうかそれがしも連れていって下され」

家康の袖を取るように傍らを離れなかった長谷川秀一が、今にも泣き出しそうな声を上げた。

「長谷川殿は勝手に落ちられよ」

直政が秀一の手を払う。

「そんな――」

がっくりと頭を垂れる秀一に、徳永寺で一行に追いついた茶屋四郎次郎が言った。

「長谷川殿は、それがしと別の道を取りましょう」

「嫌だ、わしは三河様と行く」

「聞き分けのないお方だ！」

四郎次郎の平手が飛び、遂に秀一が泣き出した。

「こうした時は、商人の方が肝（きも）が据わっておる」と笑いつつ、家康が直政に問うた。

「万千代、そなたは峠越えの道を知っておるのか」

「知るはずがありませぬ」

笑みさえ浮かべて、さも当然のごとく直政が言った。

「それでは、どうして峠を越えられる」

「ここで死ぬよりましでござろう」

家康が、ため息まじりに首を左右に振った。

「伊賀の衆は、そなたよりも道を知っておる。道に迷った挙句(あげく)、尻を見せて逃げるところを討ち取られたとあっては、わしの名がすたる」

「そんな名など捨てておしまいなされ」

二人がやりあっているところに、前線から忠次が戻ってきた。

「殿、どうやら敵は思いのほか手強い。ここはいったん山麓に引きましょう」

「それが、そうもいかなくなったのだ」

追っ手のことを告げると、さすがの忠次も天を仰いだ。

「本当に窮まりましたな」

「ああ、本当に窮まった」

戦慣れした徳川家中にも、事態を打開する手は残されていなかった。

敵の喊声は次第に高まり、山頂山麓共に味方が押されていることは明らかである。

家康は「どうとでもなれ」とばかりに、その場に腰を下ろした。

「腹を召されますか」

家康が座ったので、直政が真顔で問うてきた。

「それも悪くないな」

「あいにく切腹の支度は捨てましたし、腹を切る脇差も、道中で付き従った者どもに褒美としてすべて与えたので、一本もありませぬ」

「一本もか」

「はい」

「こいつはまいった。これでは腹も切れぬわ」

家康と忠次が高笑いしていると、そこに山麓の様子を見に行った重次が戻ってきた。

「殿、もう山麓の敵を支えきれませぬ」

それを聞いた忠次が、覚悟を決めたように問うた。

「殿、山頂と山麓、どちらの敵に飛び込みますか」

「そうだな、山登りは難儀なので、山麓とするか」

家康の言に、忠次、重次、直政らが首肯した。

「さて、ここまで太き運にて生きながらえてこられたのも、天のご加護があったればこそ。わしは天を恨まぬぞ」

家康の意を察した直政が、片膝をついて家康愛用の名槍「筑前信国」を手渡した。

「武田四郎にも、右府様にも、これほどの猶予はなかったはず。笑って死ねるわしは、二人に比べればましというものだ」

その間にも、山頂と山麓の喧噪は近づいてきていた。

――右府様、やはりそれがしは凡庸でした。右府様の策を逆手に取ったまではよかったのですが、その後の方策は、見事に手詰まりでござった。

家康は、己がそこまでの男だと十分に知っていた。

「さて、三河武士の誉れを示そうぞ！」

古兜をかぶった家康がそう喚くと、忠次らも「応」と答えて合戦の支度を始めた。

その時である。

山頂から一段と大きな喊声が聞こえてきた。それは木霊のように樹間に轟くと、瞬く間に迫ってきた。

やがて敵とおぼしき者たちが、怒濤のごとく山を駆け下ってきた。皆、家康たちに見向きもせず、山麓目指して逆落としのように逃げていく。

中腹にいた家康らは、この有様を茫然と見送った。

「いったい何があったのだ」

忠次が戸惑ったように問う。

しかしほかの者たちも、啞然として顔を見合わせているだけで、それに答えられない。

「どうやら、この峠も越えられそうだな」

「と仰せになられると」

「半蔵を伊勢の関地蔵まで走らせたのよ」

家康は前もって半蔵を伊勢まで走らせ、雄利率いる伊勢衆を加太越えまで嚮導してくるよう命じていた。

やがて、山頂で戦っていた本多忠勝が山を下りてきた。その背後には、服部半蔵と滝川雄利が従っている。

「殿、山頂にいた敵は、残らず山麓に向かって逃げ散りました」

忠勝が、血糊の付いた「蜻蛉切り」の穂先をぬぐいつつ言った。

「平八、大儀であった」

「滝川殿がもう少し遅れたら、それがしも危ういところでした」

「それにしても三郎兵衛、やけに遅かったな」

「申し訳ありませぬ。右府様横死を聞いたわが主が鬱(うつ)の虫を発し、なかなか兵を出してくれませなんだ」

手に余る事態が起こると、信雄はよく鬱に陥って何の判断もできなくなる。

「父と兄が殺され、かの御仁は相当、慌てておろう」

「それはもう」

「いずれにせよ、切所で間に合わせるとは、さすが三郎兵衛だ」

家康の言葉に、周囲がどっと沸いた。

ちょうど加太越えを下りたところにある関地蔵まで来ていた雄利は、半蔵から家康の危機を知らされ、急いで加太越えを駆け上ってきたという。

やがて殿軍を担っていた数正が、重次と共に峠道を上ってきた。二人も何があったのか分からず、家康の説明を聞くまで茫然としていた。

その場で勝鬨(かちどき)を上げた家康一行が再び峠越えにかかると、山麓から軍勢のぶつかり合う喊声が聞こえてきた。

「敵が、再び攻め上ってきておるのではありませぬか」

長谷川秀一が泣きそうな声を上げたが、家康は笑みを浮かべて言った。

「あれは、山頂にいた伊賀の衆と、山麓の追っ手が同士討ちをしておるのだ」

滝川雄利率いる伊勢衆によって山頂から追い落とされた一揆勢は、たまたま山麓まで押し寄せてきていた石原源太らと鉢合わせし、同じ目的を持つ味方と知らずに戦闘を開始したのだ。

家康一行が峠の頂に着いても、双方のぶつかり合う喧噪は続いていた。


山頂で、負傷者の介抱を多羅尾、山口、柘植といった地侍衆に命じた家康は、自らを危機に陥れた者たちに対して一切、「おとがめなし」とし、その代わりとして、彼ら三人の差配下に入るよう命ずる朱印状を書いた。

三人はここで家康一行と別れ、峠を越えて伊勢まで追ってくる者がいれば、ここで防ぐことになった。

大役を果たした三人とその一族郎党たちは、涙を流して家康一行を見送った。

伊勢路は織田信雄の勢力圏であり、雄利の率いてきた伊勢衆が、家康を警固しているので、もう心配は要らない。

峠道を伊勢側に下り、関地蔵の境内で小休止した一行は、亀山宿で再び休んだ後、白子浜を望む道中最後の峠に達した。

——海だ。

山と山の間に垣間見られる伊勢湾は夕日を反射し、きらきらと輝いていた。その彼方には、尾張と三河の山嶺がかすかに望まれる。

その壮大な光景を眺めつつ、家康は、ようやく命が長らえたことを実感した。

——輝かしい才を持った右府様は亡くなられたが、凡庸なわしは、どういうわけかこうして生きておる。いや凡庸なるがゆえ、わしは生き長らえることができたのだ。

ようやく家康は、それに気づいた。

——この厄介な時代を生き残るには、己を知ることが何よりも大切だ。己を知っておりさえすれば、怖いものはない。わしは凡庸な己を知っていた。それゆえ生き残れたのだ。

家康の脳裏に、太原雪斎の言葉がよみがえった。

「乱世ではな、己を知る者ほど強き者はおらぬのだ。そなたは凡庸な己をよく知っておる」

家康の口端に浮かんだ笑みを、傍らで馬首を並べる重次は見逃さなかった。

「殿は、生き残れたことが、それほどうれしいか」

「ああ、うれしいぞ」

「それが分かっておられるなら、これからも御運は開かれましょう」

重次が皮肉な笑みを浮かべた。

やがて一行は、夕闇に包まれる白子若松浦に着いた。

ここに至るまで、堺から三十二里余の道を踏破したことになる。

ところが、雄利の手配した船がまだ来ていない。慌てた雄利は、たまたま入港していた伊勢大湊の廻船問屋・角屋七郎次郎秀持の船に話をつけた。

これで、ようやく三河に帰る目途が立った。

滝川雄利、長谷川秀一、茶屋四郎次郎の三人は、ここで別れることになった。

別れ際、雄利は信長の跡目に信雄を就けてくれるよう家康に頼み入った。家康はこれを了解し、以後も織田家と入魂にしていくことを約した。

これにより徳川家と信雄の織田家は手を握り、後に勃発する小牧・長久手の戦いで、天下簒奪に動き出した羽柴秀吉に対抗していくことになる。

日が沈み、夜の帳が下り始めた頃、家康一行は三河に向けて出帆した。

夜間の航行は、陸地や暗礁が見えず危険を伴うが、伊勢湾の中ほどを渡り、知多半島の先端をかわし、三河国の大浜を目指す航海なので、さしたる心配はない。

すでに日はとっぷりと暮れ、船篝だけが船首でゆらゆらと揺れている。時折、すれ違う船は烏賊釣りの小船ばかりだが、どれも篝火を赤々と焚いて、仕事に懸かりきりになっており、角屋の船など一顧だにしない。

家康は船櫓に入らず、胴の間（甲板）の上から夜の海を眺めていた。

家康の周囲には、家臣たちが張り付くように寄り添っていたが、船が出るとすぐに皆、うつらうつらとし始め、そこかしこに横になっていった。

重次に至っては大口を開け、すでにいびきをかいている。

皆、家康一人を守るために命を張ってきた男たちである。

それを見つめつつ家康は、己の生涯において最大の危機となった二十五日間に思いを馳せた。

五月八日、信長の招きに応じ、浜松を後にした家康一行は、十五日に安土に着いた。そして京、大坂、堺と、転々とした後、家康は信長の殺意を知った。

それを逆手に取り、信長を死に至らしめたまではよかったが、その後の逃避行は、薄氷を踏む思いだった。

――わしの峠越えは、これからも続く。いや、これからは、さらに峻険な峠が待ち受けているに違いない。それでも一歩ずつ大地を踏みしめて登っていけば、越えられぬ峠などないのだ。今川義元も、武田勝頼も、そして右府様も、それができず身を滅ぼした。皆、綺羅星のごとき才を持ちながら、その才に慢心し、高転びに転んだのだ。ところが、わしはどうだ。凡庸な己を知っていたからこそ、こうして生き残れた。これからも分をわきまえ、こつこつと峠を越えていけば、頭上の重石がすべて取りのけられる日も来るだろう。

帆綱の軋む音だけが聞こえる中、漆黒の海を見据える家康の胸腔には、新たな気力が満ち始めていた。

その時、家康の脳裏に雪斎大師の声がよみがえった。

「そなたは凡庸であった」

——そうか、凡庸でなければ越えられぬ峠があるのだ。

家康は、腹の底から湧き上がってくる笑いを懸命に堪えた。

やがて我慢しきれず、家康は哄笑した。

重次が不機嫌そうに咳払いしたが、家康は歯牙にもかけず笑い続けた。

——大師様、見ていて下され。竹千代は、いかなる峠でも越えて見せますぞ。

やがて漆黒の闇に、家康の笑いは消えていった。

――さて、三河に戻った後、いかがいたすか。
もう笑いはこみ上げてこなかった。
すでに家康は、次の峠を見定めていたからである。

参考文献（著者敬称略）

『家康と伊賀越えの危難』川崎記孝　日本図書刊行会
『定本徳川家康』本多隆成　吉川弘文館
『ドキュメント　信長の合戦』藤井尚夫　学研パブリッシング
『信長と家康　清須同盟の実体』谷口克広　学研パブリッシング
『織田信長合戦全録　桶狭間から本能寺まで』谷口克広　中央公論新社
『詳細図説　信長記』小和田哲男　新人物往来社
『詳細図説　家康記』小和田哲男　新人物往来社
『家康、封印された過去』典厩五郎　ＰＨＰ研究所
『だれが信長を殺したのか』桐野作人　ＰＨＰ研究所
『本能寺の変　――光秀の野望と勝算』樋口晴彦　学習研究社
『本能寺の変　四二七年目の真実』明智憲三郎　プレジデント社
『信長政権　――本能寺の変にその正体を見る』渡邊大門　河出書房新社
『今川義元』小和田哲男　ミネルヴァ書房

『今川義元のすべて』小和田哲男編　新人物往来社
『戦国今川氏　その文化と謎を探る』小和田哲男　静岡新聞社
『新説　桶狭間合戦　――知られざる織田・今川七〇年戦争の実相』橋場日月　学習研究社
『桶狭間・信長の「奇襲神話」は嘘だった』藤本正行　洋泉社
『徹底検証　長篠・設楽原の戦い』小和田哲男監修　小林芳春編　吉川弘文館
『長篠の戦い　信長の勝因・勝頼の敗因』藤本正行　洋泉社
『鉄砲隊と騎馬軍団　真説・長篠合戦』鈴木眞哉　洋泉社
『戦史ドキュメント　長篠の戦い』二木謙一　学習研究社
『堺の歴史　都市自治の源流』朝尾直弘　栄原永遠男　仁木宏　小路田泰直　角川書店
『堺――海の都市文明』角山榮　ＰＨＰ研究所
『歴史群像シリーズ11　徳川家康　四海統一への大武略』学習研究社
各都道府県の自治体史、論文・論説、事典類、汎用的ノウハウ本、軍記物の現代語訳版（『信長公記』『甲陽軍鑑』等）の記載は、省略させていただきます。

解説

ペリー荻野

『峠越え』は、からくり、スリル、人間ドラマという物語の面白さが隙間なく詰め込まれた、とても贅沢な作品だ。

まずは、からくり。

「えーっ!! 本能寺の変って、実はこういうことだったんスかーっ！」

マンガの吹き出し風に感想を書いてみました。が、本作を読了した方は全員同じことを思ったのではないか。もう、びっくり仰天である。

気を落ち着かせて、読み返してみれば、その伏線ともいえる出来事は着実に積み上げられていることがわかる。

たとえば妹婿の浅井長政の裏切りを知り、緊急に撤退を決めた信長が、突然、家康に殿軍になってくれと言いだした場面。そのやりとりが面白い。


「徳川殿」

「えっ」

家康の肝が、「びくん」と音を立てた。

「貴殿は二千余の兵を率いておったな」


家臣ならともかく、手伝いに来ただけなのに、もっとも危険な殿にされるなど前代未聞のこと。しれっとした信長の言い方とビビる家康。その姿に思わず笑ってしまったが、徳川家にしてみれば生きるか死ぬかの一大事である。しかし、颯爽とその場を去った信長は、家康には黙って、池田勝正の三千の部隊を殿として残していた。すべては家康の忠節を試すからくりだったのである。


からくりはさらに続く。

姉川をはさんでにらみ合う朝倉・浅井軍と信長の軍一万五千の激突直前。五千の手勢を率いて駆けつけた家康は、当然五千の浅井が相手だと思っていたのに、信長に八千の朝倉軍と戦うよう命じられ、冷や汗だ。

　それでも家康は、口端に引きつった笑みを浮かべて言った。

「岐阜殿の兵は一万五千もおりますが、われらは五千しかおりませぬ」

「うむ」

「ということは、われら五千で、八千の朝倉勢に向かえと仰せか」

「ああ、そういうことになるな」


　コントか。だが、そこから武将と武将、男と男が互いの心理を読み合うヒリヒリしたドラマが展開する。信長は手伝い戦の朝倉勢の士気の低さを見抜き、優勢になって余裕の出た徳川が、死にもの狂いの浅井撃破にも一役買うであろうことを読んでいたのだ。意外な流れに驚いていた凡庸なる武将家康も、やっとのことでそのことを悟る。コントのようにきょとんとするシーンから、魔王が仕掛けたからくりが広大な戦場で種明かしされていく。この場面転換の鮮やかさ、力業こそ、伊東潤小説の大きな魅力だと実感させられる。

　そして、最大のからくりが「本能寺の変」の顚末。信長という男が、生と死、紙一重の瞬間にこそ、もっとも輝き、楽しみ、すさまじいからくりを仕掛ける男だと叩き込まれた家康だからこそ、いかにも泥臭いやり方で仕掛けをひっくり返すことができた。天才に凡人が勝つ。古今東西、これ以上にシビれるストーリーがあるだろうか。

読者も家康が信長にされたのと同じように、まんまと作者にからめとられていくのである。それを「気持ちいい」と思った読者は、この小説世界の虜だ。

そして後半のクライマックスは、堺から三河へと向かう家康のスリルに満ちた脱出行である。待ち受けるのは、信長とその同盟者である家康に深い恨みを持つ多勢の敵。それまで、まるでイリュージョンのような信長のからくりを見せられていただけに、行き当たりばったりの道中は、まるで別の小説を読んでいるようである。

面白いのは家康の「心のつぶやき」だ。「おや」と思ったのは、堺を出た一行が八尾を過ぎるあたりの家康のつぶやき。

――どうせ、しくじっても、取られる命は一つだけだ。

おお、小心者でうろうろしてばかりと思っていた家康に、こんな開き直りの強さが出ようとは。しかし、感心したのもつかの間、泥田の中で奇襲を受け、家康は自ら槍を取って必死に戦いながら愚痴るのだ。

――三国の太守となってても槍を取らねばならぬとは。わしは、ほとほとついておらぬ。

なんとか切り抜けたものの、またもや敵襲。金品で手なずけようと茶屋四郎次郎を頼りにしようとしたものの、すでに資金は使い果たしたという。仕方なく切腹用の白布に金目のモノをすべて出し、敵に差し出して退散させ、やっと一息。ところが、その品々の中に一行が徳川家中だと発覚する物品が含まれていたに違いないと悟るや、

――やはりわしは、どこか抜けておる。

――藪蛇とは、このことを言うのだ。

愚痴やら後悔をぶつぶつと心の中で言いながら、歩むしかない家康。だが、ついに手傷を追うことになる。伊賀街道と並行する柘植川の近くで、家康は右腕に矢を受けたのだ。

――矢とは痛いものだな。

しかし、家康はここでいいところを見せた。弱気を悟られず、戦うのである。凹んでも傷ついても、綱渡りのように揺れながら、家康は前に進むしかない。

ぐっときたのは、南伊賀衆の襲撃が迫る中、手傷を追って遅れてくる兵を見捨てるわけには、とためらう家康に、本多重次が主君の肩を摑むという反則技をかまして先に進めと説得する場面。

「途中で討ち取られた者も、懸命にわれらに追いつこうとしておる者も、その望みは一つでござろう」

重次の強い態度と言葉で、家康は家臣たちが、己が捨て石になっても、係累に恩賞を残そうとして命を懸けていることを思い出す。その犠牲に応えるためにも、自分は生きなければと立ち上がるのである。忠義もいい、恩義も大事。しかし、兵の底力の源はやっぱり自分の家族への愛情だったか。超人的な信長に振り回されていた時期とは、打って変わって人間臭いこの展開。しかし、この空気の変化は、信長亡き後の時代の空気の変化とも重なって見えてくる。

それにしても、素晴らしいのは重次である。

この作品の三つめの魅力「人間ドラマ」では、眉間にしわを寄せる酒井忠次、長いあごの石川数正、いかにも武辺者の本多忠勝など、徳川家の家臣たちのキャラクターが光りまくっている。戦国武将には凝った意匠の甲冑や洒落者で聞こえた人物も多いというのに、家康の周辺には「自慢の美髯」を持つ井伊直盛以外、なんとなくもっさりとした汗臭い男が揃う。だが、そこに味がある。中でも「鬼作左」こと本多重次はこの小説で一気にファンが増えたと思う。

皮肉屋にして苦言男の重次は、うっかり信長脱出後の殿を引き受けてしまった家康に「わしも様々な虚けを見てきましたが、手伝い戦に来て、退き陣の殿軍を引き受けた虚けは、見たことも聞いたこともありませぬ」とあきれ顔。衆人が度肝を抜かれた安土城を見ても、「ふん、大したものではない」とうそぶき、家康を苦笑させる。

しかし、その重次が酒井忠次の危機と見るや、ただちに出陣。家康にふたりは犬猿の仲ではないかと聞かれると、

「かような時に、仲のよい悪いは関係ありませぬ！」

と一喝。殿に城に引くよう進言して、激戦のただなかへと突入していくのである。家康は、しばしば他家にいい家臣がいるとうらやましがっているが、こんな家臣がいる徳川家の団結はすごいじゃないかと言いたくなる。重次はじめ、徳川家の家臣たちの場面は、作者が本当に楽しんで筆を走らせていたのだろう（何言ってんだ、ペリー、地獄の苦しみで書いたんだぜ！ということでしたらスミマセン）。

ちなみに本多重次が長篠の戦の陣中から妻へ送ったのが、一般に日本一短い手紙として知られる「一筆啓上 火の用心 お仙泣かすな 馬肥やせ」である。原文は異なるようだが、嫡男の仙千代を思う頑固親父の心がにじみ出ていて興味深い。重次は、関ヶ原の戦の四年ほど前に没しているので、家康の天下獲りを見届けることはできなかったが、空の上でいろいろ苦言を呈していたかもしれない。

最大の難所、伊賀を突破し、夕日を反射する伊勢湾を見たときの家康の感慨はいかばかりであったか。きらきらと光る海原を見つめて、家康はつぶやく。

——輝かしい才を持った右府様は亡くなられたが、凡庸なわしは、どういうわけかこうして生きておる。いや凡庸なるがゆえ、わしは生き長らえることができたのだ。

さらに暗い海に漕ぎ出した船の上で、雪斎大師の言葉とともに思い至る。

——そうか、凡庸でなければ越えられぬ峠があるのだ。

家康は哄笑せずにいられない。

さまざまな「切所」を経て、海の上で次なる峠を思う。ラストシーンを潮風香る海にしたのは、かつて日本を代表するウィンドサーファーであった作者らしい。波を切り、風を切り、世界に通じる広い海の上で、若き日の作者はどんな「峠」を見ていたのか。いつか聞いてみたい気もする。

本書は二〇一四年一月に小社より刊行されました。

|著者| 伊東 潤　1960年神奈川県横浜市生まれ。早稲田大学社会科学部卒業。2013年『国を蹴った男』で第34回吉川英治文学新人賞、『義烈千秋　天狗党西へ』で第2回歴史時代作家クラブ賞作品賞、『巨鯨の海』で第4回山田風太郎賞および第1回高校生直木賞（2014年）、2014年本書『峠越え』で第20回中山義秀賞を受賞する。いま最も注目を集める歴史小説作家の一人である。このほか『黒南風の海　加藤清正「文禄・慶長の役」異聞』（第1回本屋が選ぶ時代小説大賞）『黎明に起つ』『池田屋乱刃』『威風堂々 幕末佐賀風雲録』『天下を買った女』『修羅奔る夜』『天下大乱』『一睡の夢 家康と淀殿』などがある。

峠越え（とうげごえ）

伊東 潤（いとう じゅん）

2016年8月10日第1刷発行
2023年1月20日第4刷発行

発行者――鈴木章一
発行所――株式会社　講談社
東京都文京区音羽2-12-21　〒112-8001
電話　出版（03）5395-3510
　　　販売（03）5395-5817
　　　業務（03）5395-3615
Printed in Japan

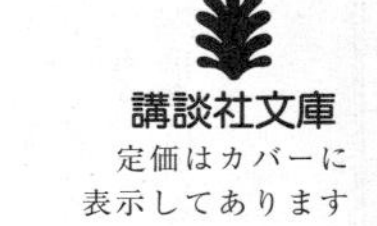

定価はカバーに
表示してあります

デザイン―菊地信義
本文データ制作―講談社デジタル製作
印刷―――株式会社KPSプロダクツ
製本―――株式会社国宝社

ISBN978-4-06-293456-5

講談社文庫刊行の辞

二十一世紀の到来を目睫に望みながら、われわれはいま、人類史上かつて例を見ない巨大な転換期をむかえようとしている。

世界も、日本も、激動の予兆に対する期待とおののきを内に蔵して、未知の時代に歩み入ろうとしている。このときにあたり、創業の人野間清治の「ナショナル・エデュケイター」への志を現代に甦らせようと意図して、われわれはここに古今の文芸作品はいうまでもなく、ひろく人文・社会・自然の諸科学から東西の名著を網羅する、新しい綜合文庫の発刊を決意した。

激動の転換期はまた断絶の時代である。われわれは戦後二十五年間の出版文化のありかたへの深い反省をこめて、この断絶の時代にあえて人間的な持続を求めようとする。いたずらに浮薄な商業主義のあだ花を追い求めることなく、長期にわたって良書に生命をあたえようとつとめるところにしか、今後の出版文化の真の繁栄はあり得ないと信じるからである。

同時にわれわれはこの綜合文庫の刊行を通じて、人文・社会・自然の諸科学が、結局人間の学にほかならないことを立証しようと願っている。かつて知識とは、「汝自身を知る」ことにつきていた。現代社会の瑣末な情報の氾濫のなかから、力強い知識の源泉を掘り起し、技術文明のただなかに、生きた人間の姿を復活させること。それこそわれわれの切なる希求である。

われわれは権威に盲従せず、俗流に媚びることなく、渾然一体となって日本の「草の根」をかたちづくる若く新しい世代の人々に、心をこめてこの新しい綜合文庫をおくり届けたい。それは知識の泉であるとともに感受性のふるさとであり、もっとも有機的に組織され、社会に開かれた万人のための大学をめざしている。大方の支援と協力を衷心より切望してやまない。

一九七一年七月

野間省一